ANDREAS GIEBEL

ALTSTADTREBELLEN

ANDREAS GIEBEL

ALTSTADTREBELLEN

Karl Blessing Verlag

FSC
Mix
Produktgruppe aus vorbildlich
bewirtschafteten Wäldern und
anderen kontrollierten Herkünften

Zert.-Nr. SGS-COC-1940
www.fsc.org

Das für dieses Buch verwendete FSC-zertifizierte Papier
EOS liefert Salzer, St. Pölten.

1. Auflage

in der Verlagsgruppe Random House GmbH, München
Umschlaggestaltung: Hauptmann & Kompanie
Werbeagentur GmbH, München – Zürich, Christian Otto
Layout und Herstellung: Gabriele Kutscha
Satz: Buch-Werkstatt GmbH, Bad Aibling
Druck und Einband: GGP Media GmbH, Pößneck
Printed in Germany
ISBN 978-3-89667-416-6

www.blessing-verlag.de

Meiner Mutter, die den Rebellen in mir zuließ

In einer irrsinnigen Welt vernünftig sein zu wollen,
ist schon wieder ein Irrsinn für sich.

Voltaire

Inhaltsverzeichnis

Weg von der Natur

Wenn alle in die Berge fahren, ist die Stadt am schönsten. In den Bergen hat man ständig Natur und Gesundheitsnarren um sich herum, die so beschissen aussehen, dass sie einem die Laune, ja, das ganze Leben verderben. Dieselbe Situation an Sonntagen am See. Zu viele Familien, zu viele teilnahmslose Rentner und turtelnde Paare, die das Ende nicht kennen. Natur ist etwas Wunderbares, aber man findet dort selten die richtige Mischung. Wo sind die Wilden, die Penner, die Künstler, die Rebellen? Man sollte sich seine Umgebung immer genau aussuchen. Die besten und wichtigsten Plätze findet man in der Stadt. Dort mischt sich alles. Neben Museen und Theatern findet man auch schrullige Läden, eine übersichtliche Natur und Lokale, in denen man zwischen Gast und Personal nicht immer auf Anhieb unterscheiden kann.

Die größte Abwechslung aber bieten die Menschen. Jeder hat eigene Vorstellungen und Wünsche, jeder will etwas anderes, und da entsteht, wenn man Glück hat, so etwas wie Schönheit.

Aus diesem Grund müssen Geschichten erzählt werden, in deren Mittelpunkt nicht Gewinn und Karriere stehen, sondern Menschen mit ihren kleinen Glücksmomenten, Ängsten und Sehnsüchten.

Ich kann sie erzählen. Ich, der Würzbach Hubert, bin in dieser Stadt aufgewachsen, weiß selten, was ich will, bin also ein entschlossener Zweifler, der sich vom Leben eher wie ein Blatt im Wind umhertragen lässt. Aber eines beruhigt mich immer: »Der Zufall ist der größte Freund des Glücks!«

In die Stadt!

Ein Straßenfest an einem leicht windigen Herbsttag

Der, den keiner versteht, versteht mich am besten! Um die siebzig ist er, der Ranftl Sepp. Netter Kerl. Er nuschelt etwas, weil er immer sein Gebiss verlegt. Sagt er. So habe ich ihn zumindest verstanden. Eigentlich nuschelt er sogar sehr. Wahrscheinlich findet er seine dritten Zähne schon lange nicht mehr. Oder er hatte nie welche.

Auf seiner steirischen Quetschen spielt er leise Seemannslieder. Ohne es zu merken, summt er die Melodie mit: »Ob am Kai von Casablanca, ob am Kap von Salvador, hm hm hm hm hm hm hmhm.« Ich vermute, ich summe auch mit. Wenn er redet, dann mit einer solchen Eindringlichkeit, dass man sich gezwungen fühlt, so zu tun, als würde man ihn verstehen. Ich lege mir dann immer was zurecht, was er gemeint haben könnte, und gebe die entsprechenden Antworten. Klappt nur bedingt. Besser er spielt, und wir summen.

Das ist mein Platz auf diesem Straßenfest. Neben dem Ranftl Sepp. Leise Seemannslieder. Etwas abseits von den anderen. Kaum bemerkt. Geplant war es nicht, dass ich heute hier sitzen würde, auf diesem Straßenfest, an diesem leicht windigen Herbsttag, zwischen Ferienende und Oktoberfest. Geplant war das nicht. Aber dazu später.

Das Geschehen vor mir läuft ab, als hätte ich Pergamentpapier vor mein Gesicht geklebt. *Gorillas im Nebel.* Mir fallen immer Filmtitel ein, wenn vor mir etwas abläuft und ich mich nicht beteiligt fühle.

Auf der gegenüberliegenden Bank sitzt, mittendrin und doch einsam, mein Freund Herbert. Sein Blick ist in die nahe Ferne gerichtet, als ob er mit Adleraugen eine Ameise auf dem Asphalt beobachtet. Er blickt mit dem Ausdruck der Ausdruckslosen.

»Hey, Herbert, setz dich halt zu uns. Bei uns ist noch frei. Herbert. Warum sagst du denn nichts?«

»Wer immer redet, lernt keinen kennen!«, sagt er. Vielleicht hat er Recht, denke ich. Manchmal ist er aber auch kompliziert. Manch einer versteht das falsch, würde eher sagen: »Wer nie seinen Mund aufmacht, der lernt überhaupt keinen kennen!« Aber so meint er das nicht, der Herbert. Ich kenne ihn.

Frauen wollen es immer schummrig

Nach den chaotischen Ereignissen der letzten Zeit wollte ich diesen Tag nutzen, um in aller Ruhe über den Begriff Auszeit nachzudenken.

In meinem »Café Klughardt«, an meinem schönen Holztisch hinten rechts, möchte ich von früh bis spät sitzen und über Auszeit nachdenken. Das hübsche Fräulein Tatjana bringt mir meine Getränke. Auch wenn sie mich nie beachtet, freue ich mich, wenn ich sie sehe. Nicht zu dünn, kräftiger Gang, keine Tänzerin, aber eine Art! Eine Art! Sie taucht mich mit jeder Geste in ein Sammelbecken der Illusionen. Sie weiß es nicht, und das soll auch so bleiben. Vielleicht sind es die Illusionen, die uns zu einer Auszeit verhelfen? Das Reale, das uns umgibt, das alleine kann es doch nicht sein. Weil man ja drin ist. Das ist die Drinzeit. Das kann es ja nicht sein. Die Vorstellung, die wir uns von etwas machen.

Sobald Wirklichkeit und Vorstellung zusammentreffen, womöglich auch noch geplant, müssen wir die Dinge neu ordnen, was schwer ist. Deshalb geben wir dem Ganzen Worte, was sonst bleibt uns übrig. Aber die Illusion hat sich da schon verabschiedet.

Ich würde das Fräulein Tatjana gerne mal auf ein Glas Wein einladen. Aber nicht im Café und nicht tagsüber. Sondern abends in einem schönen Lokal. Aber es ist unglaublich schwer, ein schönes Lokal zu finden. Ich mag Lokale, die gleichmäßig ausgeleuchtet sind, mit so einem angenehmen Neonlicht, wo man sich gut erkennen kann. Aber es gibt kaum eine Frau, die diese Leidenschaft mit mir teilt. Frauen wollen es immer schummrig. Da weiß ich schon beim Reingehen, dass ich ungünstig wirke. Also lasse ich das erst mal mit der Einladung.

Eigentlich schreibe ich in meinem Café auch immer Tagebuch, angedacht als Mahnmal für das eigene Leben, um rückwirkend zu lesen, ob sich denn etwas gebessert hat. Und wenn ich mal was geschrieben habe, so meine Hoffnung, dann kann ich mir das auch besser merken, weil das nicht so einfach ist mit der Steuerung, was man sich merkt und was nicht. Gedächtnistraining hilft da nicht, weil erst mal die innere Einsicht fehlt, sich das alles merken zu müssen. Ohne Einsicht kein Training.

Also vermischt sich das, die Gedanken über Auszeit, das Tagebuch und der Terminkalender, und ich schreibe alles in ein und dasselbe Buch. Vergangenheit plus Zukunft, um mit der Gegenwart zurechtzukommen.

Und überhaupt: Wann soll ich mir bitte schön eine Auszeit nehmen. Wann denn? Da brauche ich doch bloß reinzuschauen in meinen Terminkalender. Morgen ist wieder Ding. Morgen ist immer Ding. Es gibt kaum einen Tag, an dem nicht Ding ist.

Und zudem noch Geburtstage. Freunde, Verwandte, Bekannte. Das ganze Jahr über Geburtstage, Hochzeiten, Beerdigungen, Verlobungen, Anlässe: »Würden wir uns sehr freuen, Sie anlässlich unseres 25-jährigen Bestehens des Dings begrüßen zu dürfen!« Konfirmation, Firmung, Firmenfeiern, und im Verein wird auch gerne gefeiert. Und ehrlich gesagt, ich pack's von den Leberwerten her nicht mehr.

Und dann sollst du zum Arzt gehen, dich untersuchen lassen, dir über Krankheiten Gedanken machen, zum Wählen gehen, alles wissen, alles kennen, jung bleiben, dich pflegen, dich für andere freuen, über eine Tiffany-Lampe, nach der sie so lange gesucht haben. Und nebenbei noch schlafen, essen und aufs Klo gehen, davon redet ja keiner, und jeden Tag Post und Rechnungen und Werbung und einkaufen gehen und wegschmeißen und gesund leben und genießen. Und vom Arbeiten und Geld verdienen war noch gar nicht die Rede. Das ganze Leben rinnt einem wie Sand durch die Finger, und die wichtigen Dinge gehen dabei verloren. Immer mehr Straßen, immer weniger Ziele.

Schlägerei in der Commerzbank

Jetzt spielt er schon wieder »Unter fremden Sternen«, der Ranftl Sepp. »Hab ich Sehnsucht nach der Ferne, hm hm hm hm«, summen wir vor uns hin. Komischer Titel, denk ich mir noch. Das Einzige, was einem in der Fremde vertraut ist, sind doch die Sterne. Den Kleinen und den Großen Wagen finde ich immer gleich. Und die Milchstraße. Sonst eigentlich nix. Aber das reicht mir.

Und der Herbert sitzt immer noch da und sagt nix. Den wollte ich auch mal zum Thema Auszeit anzapfen. Der Herbert hat in der Stadt eine Weinhandlung. Eine kleine schöne … nein, schön ist die nicht. Eine Menge Kartons und die schmale Resopaltheke zum Probieren. Was schön ist bei ihm: Er hat ein sehr angenehmes Neonlicht. Der Herbert ist im Wesentlichen ein recht grantiger Mensch. Von Grund auf. Man könnte auch sagen, er steht den Dingen nicht unreflektiert gegenüber. Dafür mag ich ihn. Ab und zu, wenn ich ein Problem mit mir habe, tue ich so, als wäre es sein Problem, und so erfahre ich über ihn etwas über mich.

Und so habe ich es bei ihm über das Thema Urlaub

probiert. Weil Urlaub auch so ein Ding ist. Da mache ich mir Gedanken, ob das denn überhaupt etwas für mich ist, oder ob ich dann im Urlaub nicht doch wieder bloß Tag für Tag eine geistige Liste abhake, was ich daheim erzählen könnte, warum der Urlaub so besonders war, und danach keine Ahnung mehr habe, ob ich jetzt erholt bin oder nicht.

Also ging ich in Herberts Vinothek mit dem Satz: »Herbert, du schaust heute irgendwie schlecht aus!«

»Ich hab schon immer Scheiße ausgschaut, was soi denn da heit anders sei!«, erwiderte er grummelnd, während er die Noagerl der letzten Verkostung in sich reingoss. »Ich weiß es nicht, Herbert, irgendwie schaust du aus wie ein Zwetschgendatschi, der über den Winter im Garten liegen geblieben ist. Ich glaub, du brauchst mal einen Urlaub!« Herbert blickte einigermaßen überrascht auf: »Ich Urlaub, spinnst du, wo soll ich denn da hinfahren?«

»Ja, irgendwohin, wo's schön ist, wo's warm ist, am besten ans Meer!«

»Ans Meer, ja.« Er trank den nächsten Rest. »Ans Meer, damit mir die greisligen Feuerquallen die Fiaß verätzen, die Sonna brennt mir die Birn weg, und die Kinder, diese Hundskrüppeln, die verreckten, tanzen mit ihrem Wasserball auf meiner Wampen umanand!«

»Ja, das kann schon sein, Herbert, aber abends, an der Hotelbar, den Spaß, den du da hast, diese Gaudi!«

»Ich allein im Urlaub, an der Hotelbar. Des muaßt grad du sagen, du weißt ganz genau, wenn ich da keinen Bekannten hab, mit dem ich reden kann, dann geh ich auf die anderen los!«

Und das stimmt. Der Herbert ist in der Fremde nicht ungefährlich. Der hat erst neulich in der Commerzbank eine Schlägerei angefangen. Und das war lange vor diesem Finanzzusammenbruch. Da wollte er nur zwei 50-Euro-Scheine auf sein Konto einzahlen. Aber in dieser Filiale, in der es früher vor Angestellten nur so wimmelte, gibt es jetzt nur noch zwei von diesen Jammergestalten, deren einzige Aufgabe es zu sein scheint, den Kunden in den Vorraum rauszuwinken. Wo die Automaten stehen.

Und alles wird kleiner, überall gibt es Mikrochips, die Tastaturen von Mobiltelefonen sind von der Größe her nur noch von Dreijährigen bedienbar, aber der Geldeinzahlungsautomat, ein riesiger Kasten, gleicht einem monströsen Schiffsdieselmotor, der die Vermutung zulässt, dass da einer drinsitzt. Du schiebst deine Karte in den Schlitz, es öffnet sich ein gieriger Schacht, du schmeißt deine zwei Fünfziger rein, der Schacht schließt sich, und nach gefühlten drei Minuten grauenerregender Geräusche öffnet sich der Schacht wieder, und es kommt ein 50-Euro-Schein wieder raus wegen einer kaum erkennbaren abgeknickten Ecke, die man wieder glatt falten möge. Und mit diesem 50-Euro-Schein ist der Herbert wieder in die Filiale rein und hat eine Schlägerei angefangen. Ich dachte noch, das haben sie jetzt von ihrem Personaleinsparen, zwei so windige Bürscherl sind natürlich zu wenig für Herbert. Na gut, sie waren auch nicht vorbereitet.

Dies nur zur näheren Erläuterung. Der Herbert macht nicht nur Sprüche, auf den muss man schon aufpassen.

Während Herbert am letzten Glas seiner Weinprobe

nippt, fahre ich mit meinen Urlaubsimpressionen fort: »Überleg doch mal, Hotel am Meer, da ist heutzutage alles All-inclusive, da kannst du abends an der Hotelbar so viel saufen, wie du willst, brauchst nix mehr bezahlen!«

Herbert hält das Glas schwenkend gegen das Licht: »Ich hab mein Leben lang, wenn ich gsuffa hab, zoit.« Er leert das Glas genüsslich und sagt: »Derf i des jetzt a nimmer?«

»Ja, dann machst halt einen Gesundheitsurlaub, tust ein bisserl was für deinen Körper!«

»Mein Körper ist froh, wenn er daheim seine Ruhe hat, und diese Meinung teile ich mit ihm. Mir glangt's doch jetzt scho, wenn ich sie jeden Tag sehe, diese Wahnsinnigen, wie sie mit ihren Skistecken durch die Pampas wackeln, mit aufgrissne Aung, ois warns alle auf Ecstasy!«

»O.K., Herbert, es gibt Möglichkeiten. Dann machst halt einen Bildungsurlaub, das tut dir auch gut, schaust dir ein paar schöne alte Mauern an, Kirchen, Kathedralen!«

»Gäh, des oide Glump von damois«, erwidert er mit einer schlummernden Wut, die ich aus der ruckartigen Wischtechnik seiner Thekenreinigung herauslese. »Kathedralen soi ich mir anschauen, wia hamsn de baut, die Kathedralen, damals, ha, wia hamsn de baut?«

»Ja, Herbert, so genau weiß ich das jetzt auch nicht!«

»Mit Tausenden von Tagelöhnern, Sklaven, halb verhungerte Kinder ham de baut, barfuß auf achtzig Meter Höhe hams de Steinquader hochhieven müssen ...«, schrie er mich an, »wenn einer ausrutscht, runterfällt, egal, sind ja genug da, und da würdest du mich heute wieder hinschicken, dass ich womöglich noch drei Euro fuchzig Eintritt bezahle, die Verbrechen von damals nachträglich finanziere, Renaissance, Barock und wie sie alle heißen, diese Verbrecher!«

Wütend wirft er seinen Wischlappen in die Ecke. Eine beklemmende Stille durchzieht seine kleine Vinothek, und die gestapelten Weinkisten verwandeln sich für Sekunden in Kirchtürme und Minarette. Plötzlich steht, von uns unbemerkt, ein älterer Herr im Laden, der anscheinend das Ende von Herberts Tirade miterleben durfte, denn er beendete die Stille mit dem ergänzenden Satz: »Ja, die Nazis sind überall!«

Route 66

Freiheit, Rock 'n' Roll, Easy Rider

Der Herbert war nicht immer so. Auch er hatte Träume. Mitte der neunziger Jahre arbeitete er noch als Roady und Ersatztechniker bei mittelgroßen Konzerten. Er war darin richtig gut. Wenn irgendwas nicht klappte, Herbert war da. Es gab nichts, wofür er keine Lösung hatte. Er lief ständig als lebende Werkzeugtasche herum. Wenn er herumlief, klapperte und schepperte alles, und jeder wusste, solange wir dieses Scheppern hören, kann uns nichts passieren. Die Musiker hatten sofort Vertrauen zu ihm. Wie er das mit der Sprache hinkriegte, war uns immer ein Rätsel. Die Musiker sprachen einen grässlichen Slang, Herbert jubelte in sein schweres Bairisch ein paar englische Brocken, und sie verstanden sich prächtig. »Wenn i sog, possible, dann haut des scho hi, ich steig amoi nauf, sen we look!«

Es waren meist amerikanische Countrybands auf Gasttour durch Europa. Die Kontakte entstanden damals über seine Stammkneipe, den »Rattlesnakesaloon«. Dort saß ich mit ihm oft nach der Show, wir schimpften, meckerten und schwärmten, bis wir die Tonnenmänner draußen hörten und wussten, die Nacht ist wieder mal vorbei, jetzt heißt's beim Rausgehen: »Sonnenbrillen aufsetzen!«

Eine Zeit lang war Herbert von seinem Arbeitsumfeld so infiziert, dass er unbedingt einmal nach Amerika wollte. Dafür hätte er sogar seine Flugangst überwunden. »Einmal«, sagte er immer, »einmal die Route 66 abfahren!« Er sah mich mit glühenden Augen an: »Verstehst du, mir zwei mieten uns ein Wohnmobil und fahren los. Route 66. Dann kommt eine Kneipe, da gehen wir rein, saufen, dann gehen wir wieder raus und fahren weiter. Dann kommt wieder ein Pub oder so ein Bikerlokal, da gehen wir wieder rein und so weiter, verstehst du? Freiheit, Rock 'n' Roll, Easy Rider!« Dabei schwang er die geballte Faust mit einer solchen Begeisterung, dass ich immer froh war, wenn am Tisch gerade keiner vorbeilief. Zudem hörte ich aus Herberts Reisebeschreibungen heraus, dass er auf diesem Highway eigentlich nichts wollte als fahren und trinken. Für Besichtigungen reizvoller Sehenswürdigkeiten war bei dieser straffen Tour offenbar kein Platz. Und so schwärmte er vor sich hin, bis ich entschlossen und bedeutungsvoll aufstand und dem Gerede ein Ende machte: »Herbert, jetzt ist Schluss. Nicht immer nur reden. Weißt du was? Wir zwei, wir machen das jetzt. Du und ich: Route 66, Freiheit, Rock 'n' Roll, Easy Rider!«

Ein Testlauf zu Fuß

Und wir haben es gemacht. Eine Zeit lang jeden Donnerstag. Nein, nicht übertreiben, es war jeden vierten Donnerstag im Monat. Ein ganzes Jahr lang, zwar nicht in Amerika, aber in München. Zu Fuß. So eine Art Testlauf, damit wir, wenn es eines Tages so weit ist, vorbereitet sind. Günstig für uns war es, die Tour von hinten anzufangen, also in Los Angeles, Kalifornien, das war bei uns Ecke Schleißheimer/Schellingstraße. Das Lokal hieß »Sorgenbrecher«. Sehr angenehm, ruhig, vielleicht stand noch der Aschenbrenner Anton am Treseneck, ein ehemaliger Kriegskamerad von Herberts Vater, durch seinen Oberschenkeldurchschuss hatte er eine etwas eigenartige Gangart, der er eine gewisse Popularität im Stadtviertel verdankte. Netter Kerl. Er trank immer Fuhrmann, süßen Rotwein mit Cola, da ihm der Arzt Alkohol verboten hatte. Quatschte ihn jemand an, sagte er meist schon nach dem ersten Satz: »Kommen Sie auf den Punkt, meine Zeit ist knapp!« Und damit war jedes Gelabere im Keim erstickt. Denn auf den Punkt kommen wollte und konnte in dieser Kneipe keiner.

Herbert und ich hatten zum Einstieg zwei, drei Halbe Bier und den einen oder anderen Magenbitter, Underberg, Fernet, oder auch einen Turmwächter, je nach Stimmung. Dann ging's aber auch schon weiter, die Schwindstraße runter, Richtung Phoenix/Arizona, in den »Zapfhahn«.

Dort war es sehr ruhig. Das hing vielleicht mit der Tageszeit zusammen, es war ja auch erst halb acht in der Früh. Auch dort, ganz gelassen zwei, drei Halbe Bier, diesmal aber die hellen Kurzen, also Korn, Wodka oder Obstler. Danach in die Heßstraße, quasi schon New Mexico. Das Lokal hieß »Fliesenorgie«, war früher eine Metzgerei, bis oben hin weiß gefliest, und der Wirt, der faule Hund, hat das Teil einfach so übernommen, wie es war. Unter dem Deckmantel der Originalität nannte er es einfach »Fliesenorgie«. Es gab dort auch keine Heizung. Es war immer etwas frisch in der »Fliesenorgie«, um nicht zu sagen arschkalt. Deshalb tranken wir auch immer einen Aquavit. »Was kümmelt's uns!«, hieß dort unser Trinkspruch. Dazu nur ein kleines Bier, da die Gläser dort extrem dreckig waren.

Anschließend ging's die Luisenstraße wieder hoch in den »Siphon«. Da waren wir dann schon in Texas. »Siphon« klingt zwar vom Namen her etwas unsportlich, die Atmosphäre dort war aber immer sehr nett. Es war schon früher Mittag, recht gut gefüllt, und wir hatten auch unsere geistige Hoch-Zeit.

Eine übersprudelnde Kreativität befiel uns dort, wir schrieben auf kleine Zettel kurze Gedichte und trugen diese dann laut vor:

»So langsam solltest du begreifen,
dein Bauch erlaubt kein Hemd mit Streifen!«

Solche Reime etwa, aber durchaus auch Anspruchsloses. Das gab dann immer ein großes Hallo und eine Runde Schnaps, später wurden die einzelnen Reime oft zu einem furiosen Schlager zusammengefasst, und ich glaube, so mancher Evergreen wäre dort geboren worden, hätten wir uns um die richtige Vermarktung bemüht. Aber wir mussten schließlich unsere Tour fortsetzen.

Es ging weiter, wieder Richtung Schellingstraße, »Zur trüben Funzel« im Bundesstaat Oklahoma. Das einzige Lokal, von dem ich bis heute nicht weiß, was wir da drinnen gemacht haben. Ganz eigenartig. Das hab ich aber nie gewusst, auch kurz nach dem Verlassen nicht. Bestimmt lag das an der Tageszeit. Am frühen Nachmittag kann man noch so körperbewusst leben, da sackt der Kreislauf in den Keller! Zumindest habe ich keine schlechten Erinnerungen.

Irgendwas werden wir schon gemacht haben. Ein Stück weiter oben lag das Lokal »Zum Fass«, doch da sind wir nicht gerne rein, das war uns zu bürgerlich, da gab es sogar kleine Speisen. Aber wir mussten rein, um Kansas zu streifen, haben aber im Regelfall nur ein Reparaturpils getrunken und sind wieder weitermarschiert, Richtung Missouri, also in unserem Fall Richtung Barerstraße zu einem kleinen gemütlichen Stehausschank. Den durften wir auf keinen Fall auslassen, alleine schon wegen der Wirtin, oder, um genauer zu sein, wegen ihres Namens, Ruth, also wegen Route 66, das musste einfach sein. Und um den Namen zu vervollständigen tranken wir bei ihr dann auch immer sechs Sechsämtertropfen. Ruth war schließlich noch keine 66, und wir wollten sie ja nicht beleidigen.

Fisch auf Bennos Haut

Bei Ruth traf ich einmal den Wilfinger Benno. Der kam gerade aus der Untersuchungshaft. Das war ein kleiner Rückschlag, da ihn das Schicksal jüngst auf der Karriereleiter nach oben getrieben hatte.

Der Wilfinger Benno war eigentlich Lastwagenfahrer. Einmal hatte er eine Fuhre Fisch in einem Kühllaster zu transportieren: Nordseeschollen und Springlachse aus Reykjavik. Als er durch die kleine Stadt Uelzen fuhr, leuchtete plötzlich die Warnlampe der Kühlanlage auf. Benno blieb auf dem Marktplatz neben der Kirche stehen, nahm sein Werkzeug, legte sich in seinem zerschlissenen Unterhemd unter die Zugmaschine, versuchte irgendetwas zu entdecken und schraubte und bastelte herum. Öl- und dreckverschmiert kroch er erfolglos wieder hervor, es war nichts zu machen. Die Lampe blinkte erbarmungslos weiter, die Kühlung war ausgefallen. Und das an einem Sonntag! Keine Werkstatt hatte geöffnet. In seiner Panik wollte er nach seinem Transportgut sehen, öffnete die hinteren Ladetüren, und schon kam ihm ein Schwall aufgetauter Springlachse entgegen. Jetzt war er richtig eingesaut. Ihm blieb nur noch die Möglichkeit, seinen Chef anzurufen. Wenn der keine Lösung hat, dachte sich Benno, weiß er wenigstens Bescheid.

Da sah er auf der anderen Straßenseite eine Frau in einen Laden hineingehen und dachte, da gehe ich hinüber, die haben sicher Verständnis und lassen mich telefonieren! In seiner Aufregung sah er allerdings nicht, dass es sich um die Frauenbuchhandlung »Desdemona« handelte. Die hatte an diesem Sonntag geöffnet, da eine Lesung stattfand. Das Buch hieß *Salz auf unserer Haut*, die nicht standesgemäße, aber ergreifende Liebe einer Pariser Intellektuellen zu einem bretonischen Fischer. Und just in dem Moment, als die Vorleserin an die Stelle kam, in der die beiden sich eng umschlungen ihrem ersten Liebesakt nähern, betrat Benno, verölt und verdreckt im zerrissenen Unterhemd und mit seinem ausgeprägten Fischgeruch die Buchhandlung. Siebzehn Frauen starrten den Benno an, nicht unbedingt ablehnend, manche durchaus wollüstig. So viele Frauen, dachte Benno, haben mich in meinem ganzen Leben noch nicht angeschaut. Beide Seiten schienen auf jeden Fall sehr überrascht. Einige Zuhörerinnen mögen das sogar für eine Inszenierung gehalten haben. Auf jeden Fall wichen die Schrecksekunden sehr schnell einer euphorischen Begeisterung. Noch bevor die Inhaberin der Buchhandlung sich zu einer sachlichen Regelung durchringen konnte, zogen die Frauen Benno in die Mitte ihrer Runde, andere ließen die Rollos herunter, die Tür wurde zugesperrt. Sektkorken knallten, ein hitziger Sonntagnachmittag folgte. Einer genaueren Beschreibung des Geschehens enthielt sich der Benno in seiner Erzählung.

Benno wurde fortan für Privatveranstaltungen engagiert. Zum Lastwagenfahren blieb ihm keine Zeit mehr. Sein Terminkalender war voll. Seinen Tagesablauf musste er streng regeln. Außerdem musste er beachten: wenig Bewegung, viel Bier, da sein Bauchumfang wichtig war für seine Auftritte.

Bevor er zu einem Termin loszog, holte er einen nicht

mehr ganz frischen Fisch aus dem Kühlschrank, rieb sich damit ein, zog eines der zehn mit Öl und Dreck präparierten Unterhemden über und nahm seinen Kassettenrekorder. Sogar einen französischen Akzent hatte er sich antrainiert. Es lief blendend. Benno lebte seinen Traumberuf aus.

Nur einmal hatte er Pech. Bei einem Blitzauftrag schrieb er in der Eile die falsche Hausnummer auf.

Er stapfte routiniert in den dritten Stock eines Mietshauses, klingelte, eine Frau öffnete ihm, er grüßte freundlich, marschierte, ohne zu zögern, durch den Flur in die Wohnküche, in der schon sechs Frauen in Erwartungshaltung saßen. Was Benno nicht wissen konnte, war, dass diese Frauen zu einer Tupperware-Party gekommen waren. Benno wunderte sich zwar einen Moment über die irritierten Blicke, legte aber dann doch routiniert los. Er stellte seinen Rekorder auf die Anrichte und schaltete ein. Leise säuselten schwülstige Chansons, während Benno mit den Hüften kreiste und langsam sein bretonisches Fischerhemd aufknöpfte, unter dem sein präpariertes Unterhemd lauerte. Die vermeintliche Gastgeberin hatte inzwischen die Polizei gerufen. Die Beamten betraten in voller Schutzmontur und mit vorgehaltenen Waffen gerade in dem Augenblick die Küche, als sich der beleibte Benno mit seinem Fischgeruch mit einem Hüftschwung auf den Schoß einer der Mütter setzen wollte.

Nach zwei Tagen Untersuchungshaft hatte sich die Situation schließlich aufgeklärt, und so saß er nun bei Ruth an der Theke, sauber und gekämmt, und stieß auf seine Freiheit an.

Nach dem Besuch bei Ruth ging es wie gewohnt weiter, hoch die Rambergstraße nach Illinois in die etwas karge Trinkhalle »Zur letzten Bleibe«. Wir dachten immer, das Lokal heißt so, weil ein Friedhof in der Nähe ist, aber dem war nicht so. Yevgen, der Wirt, gab seinem Lokal diesen schönen Namen, weil er der Überzeugung war, seinen Arbeitsplatz in diesem Leben nicht mehr zu wechseln.

Das war dann auch unsere letzte Station. Weiter sind wir nicht mehr gekommen. Den letzten Bundesstaat, Michigan am gleichnamigen See, das wäre ja in München der Kleinhesseloher See gewesen, ließen wir weg. Da gibt es nur das »Seehaus«, und da muss man nicht reingehen und schon gar nicht eine so wunderbare Extremtour beenden. Diese Atmosphäre, die selbstgefällige Studenten, Töchter und Söhne betuchter Eltern, ausstrahlen, passte nicht in unser Konzept.

Zum anderen konnte man unser Tourende in der »Letzten Bleibe« ohne Übertreibung als großartigen Abschluss bezeichnen. Herbert wurde dort immer unerwartet melancholisch. Der Wirt kam aus Bar, einem kleinen Ort in der Ukraine, und spielte deshalb immer emotional anrührende ukrainische Choräle, welche sicher ihr Übriges zu Herberts Stimmungsumschwung beitrugen. Herbert erzählte von seinem Vater, der in russischer Gefangenschaft viel zu früh gestorben, aber doch ein großartiger Geschichtenerzähler gewesen sei. Dann kam Herbert ins Stocken, er schluckte, ohne zu trinken, die Tränen flossen, und als er sich halbwegs gefasst hatte, sah er mich an und begann mir eine von diesen Geschichten zu erzählen, mit seinen wässrigen Augen, und ich weiß gar nicht, ob ich ihm richtig zuhörte, aber wie er das erzählte, mit einer beinahe begeisterten Trauer, holte er damit seinen Vater für einen Moment zurück ins Leben.

Da kamen auch mir die Tränen, und deswegen ihm auch wieder, wir lagen uns an der Theke in den Armen und heulten uns aus. Yevgen, der Wirt, dachte ich, der muss sich wundern. Alle vier Wochen kommen die zwei vorbei und fangen an zu weinen. Aber nein, er stellte uns zwei Wassergläser Wodka hin, auch ihm flossen die Tränen, er schien das nicht nur zu kennen, sondern auch zu mögen. Wie gesagt: ein großartiger Abschluss.

Die letzte Tour

So war das vor gut zehn Jahren. Jeden vierten Donnerstag drehten wir die Runde. Und im letzten Mai, nachdem ich das Thema Reisen abgeschlossen hatte, kam ich auf die Idee, noch einmal loszuziehen. »Was meinst du, Herbert, wir zwei noch einmal unsere Route 66, in alter Erinnerung, Freiheit, Rock 'n' Roll, Easy Rider?« Ich konnte ihn überreden. Wir sind tatsächlich noch einmal losgezogen. Punkt sieben Uhr aufstehen, kein Frühstück, wie früher, und los. Der »Sorgenbrecher«, unsere erste Station, hatte gerade Ruhetag. Den hatte der früher nie. Gut, es war kein Donnerstag, aber darum geht's ja gar nicht. Aber was soll's, dachten wir uns, selbst schuld. Um die Ecke, wo sonst der »Zapfhahn« schon freudig auf uns wartete, befindet sich jetzt ein Laden mit dem Titel: »DVD 24 h«!

Wir zwei unwissenden, zurückgebliebenen Kleinbürger hatten keine Ahnung, was das ist. Aber wir gingen rein, weil ja immer offen ist, eben »24h«. Außer uns war niemand da, keiner! Momente entrückter Ratlosigkeit.

Inzwischen weiß ich Bescheid, was da drin wie funktioniert. In der Wand befindet sich ein großer elektronischer Kasten mit einem kleinen Bildschirm. Man drückt irgendwo ein paar Zahlen, eine DVD kommt heraus, die man dann ausgeliehen hat. Das weiß ich jetzt. Aber als wir in unserem ehemaligen »Zapfhahn« standen, ratlos um uns blickend, wussten wir gar nichts. Und da kam ein Kunde herein, mit Hausschlappen, Trainingshose und einem beeindruckenden T-Shirt mit dem Aufdruck »Mötley Crüe – Love slave«. Dieser Kunde stand ewig vor dem kleinen Bildschirm. »Meine Güte, der arme Kerl«, sagte ich zu Herbert, »dem ist sein Fernseher kaputtgegangen, jetzt muss er hier für Geld an diesem kleinen Bildschirm im Stehen einen Film anschauen. Jetzt ist es ja noch ruhig, um halb acht Uhr morgens, aber sonst, wenn da mal drei, vier Leute anstehen, und der schaut sich gerade *Ben Hur* an, das zieht sich!«

Wir zogen weiter, Richtung »Fliesenorgie«. Die Fliesen sind geblieben, aber das war jetzt ein Friseursalon. »Die mit den Scherenhänden«. Wir hatten noch keinen Kaffee, kein Wasser, gar nix. »Herbert, da gehen wir jetzt rein, da kriegen wir wenigstens einen Kaffee!«, hörte ich mich noch sagen. Einen Kaffee stellten sie uns tatsächlich hin, aber was die mit unseren Haaren gemacht haben! Alles nach vorn gekämmt, vor die Ohren, über die Ohren, in die Stirn, runter, rechts über die Augen, und dann mit einem als Haarspray getarnten Sprühkleber alle Haare in kleine dünne Stahlstangen verwandelt. Vermutlich war es mein Fehler, dass ich anfangs sagte, ich hätte es gern normal.

Und der Kaffee war grausam, abgestandenes Badewasser mit einem Schuss Maggi, nichts anderes. Wir haben dennoch viel davon getrunken, aus Verlegenheit, zudem hatten wir Durst. Leicht zittrig verließen wir diesen Kunsttempel und suchten nach dem Blumenladen daneben. Mit der netten Frau Kattelbach hatten wir früher viel Spaß. Die kleine mollige Frau Kattelbach in ihrem schönen Blumenladen hat sich immer riesig gefreut, wenn sie uns sah. Wir kauften vier Rosen und schenkten sie ihr. Meistens hatten wir denselben Satz beim Reingehen: »Ach, Frau Kattelbach, geben Sie uns doch bitte einen schönen Strauß Gürtelrosen!« Und da hat sie dann gelacht, und wir mit ihr, es war eine Freude.

Anstelle des Blumenladens ist dort jetzt ein Call-by-Call-Center. Die Tür war offen, man sah die Bildschirme, und Herbert war wütend. Auf alles sowieso, dann auf den Kaffee, auf unsere Frisuren und jetzt statt Blumen und Kattelbach Bildschirme. Ich musste ihn von hinten festhalten und ihn weiterschieben. »Komm, Herbert, komm, geh ma«, weil ich befürchtete, er könnte den ganzen Laden zertrümmern.

Schnell brachen wir auf Richtung »Siphon«, unsere Dichterklause, da würde dann, dachten wir, wieder alles gut, aber an dieser Stelle befindet sich jetzt ein »Nagelstudio«! Auch so etwas kannte ich nicht. Gedacht habe ich mir: Früher hieß so etwas »Werkzeuggeschäft«, und da hat man wenigstens noch einen Hammer dazu gekriegt. »Nagelstudio«! Unmöglich! Wir wollten schon weitergehen, als mir einfiel, dass in meinem Wohnzimmer das Bücherregal bedenklich weit weg von der Rückwand steht. Entferne ich ruckartig ein Buch, ist ein gewisses Schwanken nicht zu leugnen. Also, ein paar Nägel bräuchte ich. So zehn achtziger Nägel, und die kauf ich jetzt, dachte ich mir, sagte: »Herbert, ich bin gleich wieder da!«, und ging rein. Kaum stand ich in dem Laden, stürmt mir ein junger Mann überfreundlich entgegen, drängt mich an einen Tisch und beginnt, an meinen Fingern rumzufummeln. Nach meiner panischen Flucht erklärte ich Herbert: »Weißt du, ich hab nichts gegen Schwule, aber man kann doch vorher ein bisschen reden!«

Oben in der Schellingstraße: »Zur trüben Funzel« weg, »Zum Fass« weg, alles »Coffee to go«, aber ich will keinen Kaffee zum Gehen, ich brauche, wenn überhaupt, ein Bier zum Trinken. Vorne, in Missouri, ist auch Ruths kleiner Stehausschank weg, da ist jetzt auch ein Friseur: »Figaros Locke«. Wir sind reingegangen. Die mussten das wieder richten, was die anderen verbrochen haben. Aber auch hier lief es nicht nach Wunsch. Nach dem Waschen schob der mich vor den Spiegel und fing da an rumzustylen. Es gibt anscheinend immer mehr Friseure, die kaum noch schneiden, die bloß noch stylen. Ich habe die Augen zugemacht, wollte gar nicht wissen, was der da macht. Herbert meinte irgendwann: »Wenn der so weitermacht, schauen wir aus wie der Schweinsteiger in zwanzig Jahren!«

Aber der Kaffee war gut. Der war richtig gut. Ach, hat uns der Kaffee gut geschmeckt, der erste Genuss an diesem Tag. Was haben wir diesen Kaffee getrunken! Der war allerdings sehr stark. Dann verließen wir mit seltsam gestylter Haarpracht, wackelnd und zitternd vom Kaffee, »Figaros Locke« und ruckelten übernervös den Gehsteig entlang. Entsetzt blickenden Passanten rief ich zu: »Wir waren nur beim Friseur!« Geglaubt hat uns das keiner.

Also auf zur »Letzten Bleibe«, unserer letzten Hoffnung. Zu Yevgen, unserem ukrainischem Wirt, denn zum Heulen war uns auch schon zumute. Der muss aufhaben, sagten wir uns, befürchteten aber innerlich das Schlimmste. Und schon von Weitem sahen wir uns bestätigt. Die »Letzte Bleibe« war einem Matratzen-Discount gewichen. Der vermutlich fünfzigste in dieser Stadt. Was ist los mit uns Menschen? Es muss eine bestimmte Bevölkerungsgruppe geben, die Unmengen von Matratzen braucht. Ist das irgendein Brauchtum aus dem Mittelalter? Eine religiöse Vereinigung mit dem Gebot: »Jeden Montag eine neue Matratze, sonst lebst du unrein!«

Wir gingen rein mit dem Vorsatz, so zu tun, als würden wir uns beraten lassen, und dachten, da kriegen wir sicher ein Glas Wasser, oder zwei, damit wir von dem Koffeinschock runterkommen. Was da drinnen mit uns los war, können wir uns bis heute nicht erklären. Wir waren irgendwie durch den Wind. Irgendwann stand ich da mit einer »7-Zonen-Taschenfederkernmatratze Jupiter« unter dem Arm. Luftdicht eingerollt, in Folie verschweißt. Und Herbert mit einer »5-Zonen-Kaltschaummatratze Samba«! Haben wir gekauft. Keine Ahnung, warum. Und so sind wir mit unserem Neuerwerb weitergelaufen, immer noch wackelnd und zitternd vom Kaffee, aber mit topgestylten Frisuren. Was sollten wir auch machen. Wenn wir die Route nicht verlassen wollten, blieb uns nichts anderes übrig, als nach Michigan zu laufen. Englischer Garten, Kleinhesseloher See, ins »Seehaus«. Irgendwo mussten wir was trinken.

Das »Seehaus« gab es noch. Drin war es genau so, wie wir es uns vorstellten: überall BWL-Studenten. Aber egal. Wir legten unsere Matratzen ab und zitterten Richtung Theke. Als wir die Arme zum Bestellen hoben, sprach uns hektisch von hinten ein Kellner an, mit übrigens der gleichen Frisur, die wir hatten, wir sollten doch sofort unsere Matratzen wegräumen, er käme nicht mehr durch!

Vermutlich lag es am Kaffeeüberkonsum, dass ich die Folie der Matratze beim Aufheben etwas ungünstig anfasste, auf jeden Fall riss diese, mit einem Ruck schnalzte die Matratze heraus, direkt auf einen Tisch und schmiss fünf Zombies um. Eine Menge Getränke auch noch. Die mussten wir dann bezahlen. Danach hatten wir kein Geld mehr und gingen heim. Das war mit Sicherheit der einzige Tag, an dem ich mit Herbert unterwegs war und nüchtern heimgekommen bin. Herbert meinte noch beim Verabschieden: »Mit Amerika reicht's mir endgültig!«

Lucies alte Kneipe

Respekt vor Kakerlaken

Das muss ja auch mal aufhören, diese sinnlose Sauferei mit so genannten Freunden mit immer den gleichen Witzen, die ich auch noch erzählen muss. Aber schön war's schon mit der Lucie, also bei der Lucie, der Wirtin. Eine großartige Frau, eine große, starke Frau in jeder Hinsicht.

Am runden Tisch in der Mitte saßen Chosy, Walter und Simmermann. Chosy, der eigentlich Chlodwig hieß, hatte als Einziger einen Stuhl mit Armlehne. Ihm gegenüber Walter, der gerne mit seiner Rechten den nicht vorhandenen Spitzbart streichelte, neben ihm Simmermann. Simmermann mit S. Der war meistens nicht von Anfang an da, weil er vorher noch beim Arzt sein musste.

Hinten an der Wand saß immer Fred, der ewige Tourist aus Hannover. Der Alibipreuße, ein Spaßvogel sondergleichen, wie er von sich glaubte. Für uns war er eher lästig, aber weil er das nicht merkte, wurde er von uns geduldet.

Am einzigen Stehtisch stand immer Bronske. Manchmal kam Lucie mit dem Tuch aus der Küche, wedelte den Rauch weg und sagte: »Bronske, was bin ich?«

»A Wahnsinnsfrau!« Dann gab sie ihm einen Kuss auf die Stirn und fragte ihn: »Kann ich dir noch irgendwas bringen?«

»Lucie, bring mir no a Packl Roth-Händle.«

Wir hatten damals die Vermutung, dass Bronske Raucher war. Wie Bronske wirklich hieß, wusste niemand von uns. Der Name setzte sich zusammen aus dem Nachnamen von Charles Bronson, also »Brons«, und hinten »ke«, weil unserer Vermutung nach ihn irgendwann der Kehlkopfkrebs dahinraffen würde: Bronske. Bronske sprach nur sehr wenige, dafür gewichtige Worte, was ihn für uns sehr sympathisch machte. Ganz unvermittelt kamen von ihm Sätze wie: »Manchmal muss man sich auch zusammenreißen, wenn nix los is.« Gut, der Satz ist jetzt etwas aus dem Zusammenhang gerissen. An einen Satz erinnere ich mich auch noch sehr gut: »Lucie, schau mal, ich glaube, da liegt was unter dem Tisch.« Und wenn Bronske das sagte, dann lag da etwas unter dem Tisch.

Bronske war stark kurzsichtig und hatte einen unglaublichen Respekt vor Kakerlaken. Er hat mal im Fernsehen einen Bericht über Kakerlaken gesehen, in dem dargelegt wurde, dass Kakerlaken die widerstandsfähigsten Lebewesen überhaupt seien und sie bei den Atomversuchen der Amis auf dem Bikiniatoll als einzige Tiere überlebt hätten. Man munkelt sogar, die Strahlung war ihnen egal. Diese Gleichgültigkeit, gepaart mit dieser Widerstandsfähigkeit, das hat Bronske fasziniert. Und Kakerlaken haben ja noch eine Besonderheit: Die haben am Hintern zwei kleine Fühler, mit denen sie jeden noch so kleinen Windhauch bemerken. Diese Information geben die Kakerlaken aber nicht erst ans Gehirn weiter, sondern direkt an die Füße. Die rennen also los und wissen noch gar nicht, dass sie unterwegs sind.

In diesem Augenblick betritt Simmermann das Lokal. »Oooh, glaubtsas, der blöde Doktor, ich geh nicht mehr hin zu ihm. Das hat doch keinen Sinn, das wird ja alles immer noch schlimmer, mit Rückenschmerzen gehst zum Doktor, hockst zwei Stunden im Wartezimmer, auf diesen Plastikstühlen von Ikea, danach tut dir alles noch mehr weh. Da mag ich nicht mehr hingehen!«

Das sagt er immer. Seit Jahren. Überhaupt braucht er seinen großen Auftritt.

»Der mit seine Sprüch, mit seine Weisheiten, der moant a, er hat's gfressen. Was hat er heit wieder gsagt, i hab mi a so aufgregt, was hat er wieder gsagt«, einen Moment steht er überlegend da, wühlt einen Zettelfetzen aus der Tasche, »ich hab mir's aufgeschrieben. Ich kann mir nichts mehr merken, gar nichts«, er hält den Zettel weiter weg, »›Kaufen Sie sich endlich eine Lesebrille!‹ Da kann er lang warten. Ich bin wegen dem Rücken gekommen«, er studiert den Zettel weiter, dreht ihn um, »ah, da haben wir's: Das mit meinem Rücken wäre nicht nur körperlich, sondern auch psychosomatisch, ich soll mich nicht immer so aufregen, nicht auf alles und jeden schimpfen, und vor allem meine Vorurteile abbauen! Der Depp, der, den hab ich noch nie mögen. Das hat er schon mal gesagt, vor einem Monat. Wo hab ich's denn?« Er knödelt einen zweiten Papierfetzen aus der Tasche. »Genau das war's. Ich soll mich auch mal entspannen und in den Urlaub fahren, solche

Ratschläge gibt der mir. Entspannen und in den Urlaub fahren, wie soll denn das gehen, ha? Im Urlaub reg ich mich am allermeisten auf, da war ich vor drei Jahren das letzte Mal da, lauter Wahnsinnige und Gipsköpfe laufen da umananda. Um acht Uhr in der Früh rennen s' zum Strand zum Ausruhen. Da haben sie die ganze Nacht geschlafen, und dann rennen sie zum Ausruhen. Dann schmieren sie sich mit Sonnenschutzcreme ein, den ganzen Tag, und was machen sie? Sie legen sich in die Sonne, ja, wo ist denn da die Logik, wenn ich mich vor der Sonne schützen will, geh ich halt in den Wald rein, oder? Lauter Wahnsinnige!« Wir versuchen ihn bestätigend zu beruhigen, damit er sich endlich hinsetzt.

Mit drei Arabern im Zelt

»Griaß eich«, sagt er im Hinsetzen und referiert sofort weiter, »sagt amal, habts ihr schon mal gesehen, was die Leute im Urlaub essen? Das habt ihr noch nie gesehen, weil ihr noch nie im Urlaub warts, das sag ich euch jetzt, da haben sie einen großen Teller, drauf ein Berg von schwarzem Zeug, ich weiß gar nicht mehr, wie es heißt.« Er holt drei zerknüllte Zettel aus seiner Tasche, entknüllt diese auf dem Tisch, »i hab mir's aufgeschrieben, ich kann mir nichts mehr merken, da haben wir's, hier, Miesmuscheln, in Italien heißt es auch noch cozze, so was bestell ich doch erst gar nicht, oder? Ich wollte gar nicht sehen, wie die das essen, hab gleich weggeschaut, dann schau ich irgendwann wieder hin, und der gleiche Berg ist immer noch da. Die Bedienung kommt, räumt ab, fragt, ob es geschmeckt hat, und er sagt auch noch Ja. Solche Leute fahren in den Urlaub.«

Da bringt sich Chosy ins Gespräch: »Ehheeh, und so was regt dich auf, Simmermann, und so etwas regt dich auf?«

Chosy hat nach einer zweijährigen, komplett erfolglosen Paartherapie seine Persönlichkeit verloren. Das kompensiert er, indem er so oft wie möglich ins Kino geht. Er spielt so gut er kann Robert De Niro mit der Synchronstimme von Christian Brückner! Dabei senkt er den Kopf, zieht seine Augenbrauen nach oben, gegenläufig die Mundwinkel nach unten und schiebt das Kinn nach vorne.

Seiner Stimme gibt er im Rahmen seiner Möglichkeiten Christian Brückners legendären heiseren Unterton. Damit versucht er, nehme ich an, seinen einfachen Sätzen und damit auch seiner Person etwas Bedeutsames zu geben.

»Ehheeh, ich würde mich da nicht aufregen. Weißt du, was aufregend ist? Du musst mal mit drei Arabern in einem Beduinenzelt leben, sechs Wochen lang bei fünfzig Grad im Schatten, bei Hirse und Wasser, das ist anstrengend!«

»Geh Chosy, jetzt hör doch auf, so was kann man doch nicht vergleichen. Das ist für mich vielleicht anstrengend, aber für die Araber nicht, verstehst, weil die sind ja so aufgewachsen, aber setz mal einen Araber sechs Wochen zu uns an den Tisch, das ist für den anstrengend!«

Da meldet sich Walter mit seiner knödelnden Stimme: »Ja mei, man kann sich's nicht raussuchen, gell!« Walter ist der größte Freund von Binsenweisheiten in der Runde. Walter hat einen Bauch, betreibt keinen Sport, hat keinen Computer, nicht einmal einen Anrufbeantworter. Da kann man sich nur wundern, wie der durchs Leben kommt.

Walter knödelt weiter: »Aber ich denk mir halt, wer weiß, für was es gut ist! Aber weißt, Simmermann, mit deinem Rücken, da müssen wir fei wirklich einmal etwas machen. Ich sage es dir immer, die Gesundheit ist das Wichtigste, gell, du hörst bloß nicht drauf. Weißt du, wo du dir dein Kreuz kaputt gemacht hast? Jetzt pass auf, das kann ich dir genau sagen, das war damals bei deinem Umzug vom Erdgeschoss in den vierten Stock rauf! Das war die sinnloseste Aktion, die du je unternommen hast, Erdgeschoss in den vierten Stock rauf. Ich versteh das nicht, da unten war's doch schön?«

»Schön? Du weißt genau, ich wollte nicht mehr beim Fenster sitzen und die blöden Leute vorbeilaufen sehen!«

»Ja, das kann natürlich schon sein, dass einmal einer vorbeimuss, dass einmal einer wo hinmuss oder dass einmal einer wegmuss, die werden wegen dir nicht auf die andere Straßenseite laufen, nicht wahr, da musst du doch nicht gleich in den vierten Stock raufziehen, der erste Stock hätte doch auch gereicht!«

»In den ersten Stock, spinnst du, schau sie dir doch an, die jungen Lackeln, wie hochgewachsen die sind, da kannst du doch drauf warten, dass der erste Schädel vorbeirollt!«

»Ein bisschen übertreiben tust du schon, Simmermann, und dann hast du deinen Umzug auch noch alleine gemacht, das haben wir alle nicht verstanden, warum denn alleine, wir hätten dir doch alle geholfen. Oder, Chosy, wir hätten ihm doch geholfen?«

Chosy geht in seine Robert-De-Niro-Stellung: »Eheeehh, das ist richtig, wir hätten dir geholfen!«

»Das glaub ich schon, ihr zwei hättet mir geholfen, und wenn dann einer von euch umzieht, dann muss ich euch auch helfen, ich kenn euch doch!«

»Ja, das kann natürlich schon sein…«, ergänzt Walter einsichtig, nimmt einen tiefen Schluck, den braucht er zum Nachdenken, weil er weiß, er muss noch etwas nachlegen. Er nutzt die augenblickliche Stille und meint: »Oder dein Bruder, du sagst doch immer, du hättest so einen tollen Bruder, der hätte dir doch helfen können!«

»Mein Bruder, das hab ich dir schon mal gesagt, ist ein hohes Viech bei Siemens, der verkauft Chips und Pipelines nach Afrika, den rufe ich nicht an und sage, flieg mal schnell her und trage einen Schrank mit mir rauf!«

»Du hast mir gesagt, er hat dir einen Brief geschrieben?«

»Ich hab zu dir gesagt, ich habe ihn angerufen und ihm gesagt, er soll einmal hierher in die Wirtschaft kommen, hierher zur Lucie, damit er sieht, wie ich lebe, da brauche ich seinen Brief nicht aufzumachen!«

Der Blumenstock der Nachbarin

Wir merken echte innere Aufregung bei Simmermann, ein Hauch von Verbitterung über das eigene Leben. Er leert das Glas: »Ich mache überhaupt keinen Brief mehr auf, das kriegt alles die Post wieder, die haben mir doch das Ganze eingebrockt!«

»Ach ja, ein bisschen ein Wilder bist du schon, ich versteh dich da nicht, Simmermann, deine Arbeit hast auch aufgehört, hast so einen schönen Job gehabt, bei der Lottoannahmestelle, lauter nette Leute!«

»Nette Leute, ja, denen geht's doch auch bloß ums Geld!«

»Na ja, in dem Zusammenhang sicher. Wie gefällt's dir denn jetzt da im vierten Stock?«

»Ach, eine blöde Nachbarin hab ich. Gestern schenkte sie mir einen Blumenstock. Weil ich immer so nett grüße, hat sie gesagt. Einen Blumenstock. Das macht die doch extra. Nicht einmal mehr grüßen darfst du. Muss ich mein Fensterbrett freiräumen, weil er ein Licht braucht, dann muss ich ihn gießen, nichts wie Arbeit. So was hat sie sich schon einmal erlaubt, vor zwei Wochen, da schenkte sie mir Schnittblumen, und weißt du warum, weil ich ihr im Affekt die Türe aufgehalten habe. Das passiert mir kein zweites Mal. Schnittblumen, da musst du dir eine Vase suchen, mit Wasser auffüllen, Blumen schräg anschneiden, nichts wie Arbeit, lauter Wilde in dem Haus. Heute ruft mich der vom zweiten Stock an und sagt zu mir, er würde mich gern spontan zu seiner Geburtstagsfeier einladen… Den hab ich zusammengeschissen, das kannst du dir vorstellen, der meint, ich hocke daheim mein Leben lang, und warte, dass mich spontan einer zu irgendwas einlädt.«

»Jetzt hör aber auf, das ist doch eine nette Geste, Simmermann!«

»Nette Geste ja, ich weiß doch, wie so was abläuft, er hat wieder was gekocht, dann muss ich was essen, dann muss ich noch sagen, danke, gut hat's geschmeckt, komm, ich kenn doch das Ganze, und ein Geschenk will er wahrscheinlich auch noch!«

»Ja freilich, wenn er Geburtstag hat, irgendwas musst du ihm schon geben!«

»Ich hab ihm beim Runtergehen den Blumenstock von der Nachbarin vor die Tür gestellt, das muss reichen.«

Da senkt Chosy wieder seinen Kopf: »Eheeehh, ich bin mir nicht sicher, ob das reicht, Simmermann, ich habe da mal einen Film gesehen, der hieß *Waiting Room*, da saßen alle im Zimmer, sie hatten alle ein Geschenk für den Doktor, es hat nichts genutzt, er hat sie alle zerlegt und gegessen. Es war ein Horrorfim.«

Walter schluckt empört: »Das ist ja furchtbar, Chosy, so was darfst du nicht erzählen. So was Grausames, so was würde ich mir ja nie anschauen, also weißt es, Chosy, zerlegt und gegessen, ich schau mir im Fernsehen lieber was Lustiges an, da muss ich zwar nicht lachen, aber…«

Da meldet sich von hinten Fred aus Hannover: »Entschuldigen Sie, wenn ich mich da ganz kurz einmische. Erst mal hallo, aber weil ich das eben gehört habe mit lustig und Humor im Fernsehen, diese Komödianten oder wie man so schön sagt, Comedians, die sind doch nur

Kautabak in den Backentaschen der Medien, die werden eine Zeit lang eingespeichelt und dann irgendwann wieder ausgespuckt, so viel von meiner Seite!«

»Öha, jetzt hast du aber wieder einen losgelassen, Fredl, ha?«

»Ja ja, ich weiß schon, Herr Simmermann, wie Sie das meinen, aber ironisieren Sie das nicht, ich schau mir die Sendungen im Gegensatz zu Ihnen auch an. Da hat übrigens neulich einer einen Witz erzählt, wenn ich den mal kurz … also … ich fand ihn irgendwie nichts Besonderes, aber, na ja, ich erzähle ihn mal, also, da ruft ein Gast seinen Wirt privat in dessen Wohnung an und fragt ihn, du sag mal, wann sperrst du heute eigentlich deine Kneipe auf? Darauf sagt der Wirt, du weißt doch, wie immer um fünf Uhr, ja … haha…«, Fred registriert die entgeisterten Mienen seiner Zuhörer, »… ja, äh, ich bin noch nicht fertig, ja, und äh … dann sagt der Gast, das ist mir aber zu spät. Sagt der Wirt, wieso, es ist doch schon fast vier, du kannst doch bald rein, dann sagt der Gast, ich will aber nicht rein, ich will raus! Hahaha…!!«

Fred bekommt aufgrund seines eigenen Witzes einen nicht mehr bremsbaren Lachanfall, der in einen erstickungsartigen Husten ausartet. Die anderen sehen ratlos auf ihre Biergläser, Chosy kapiert am allerwenigsten: »Eheehh, was ist los mit ihm, was hat er?«

»Hahaha, haben Sie verstanden, ich will nicht rein, ich will raus, hahaha!«

Fred erhebt sich lachend und geht auf den Stammtisch zu: »Entschuldigung, weil's gerade so nett ist, kann ich mich einen Augenblick zu Ihnen setzen?«

Die Köpfe der anderen wandern langsam in seine Richtung. Eine seltsame Stille erfüllt den Raum.

»Nicht, ja, … dann äh, wenn ich schon mal stehe, nicht wahr, dann gehe ich auf den Lokus, oder wie man so sagt, für kleine Jungs…«, langsam verlässt er den Raum. »Hm, oder wo selbst der Kaiser zu Fuß hinmuss, oder was gibt es noch, das Wasser abschlagen, oder…«

Aber da war er nicht mehr zu verstehen.

Vom Stehtisch meldet sich Bronske: »Lucie, bring mir noch ein Packl Roth-Händle!«

Die große Lucie musste dann irgendwann ihr kleines Lokal schließen, die Brauerei war der Meinung, man müsste erst mal renovieren, und danach hätte Lucie ein Vielfaches an Pacht zahlen müssen. Dort, wo sie war, befindet sich jetzt der Szenemexikaner »Los Patchos« oder so. Lucie hat recht bald danach ein neues kleines Lokal eröffnet, etwas außerhalb der Stadt in einem neu erschlossenen Industriegebiet. Und ihre Stammgäste zogen mit.

Ausflug in die Hauptstadt

Abjerutscht in de Schattenseite vonne Jesellschaft

Als ich das letzte Mal in Berlin war, da hatte der Verpackungskünstler Christo den Reichstag noch nicht verhüllt, in der Oranienburger Straße gab es noch keine schummrigen Speiserestaurants mit Kerzenlicht, und man bezahlte noch mit D-Mark. Als Münchner fiel mir vor allem das U-Bahn-Fahren schwer, weil alles so anders war. Allein die Schnorrer sind viel besser organisiert: Die stehen oben an der U-Bahntreppe, und zwar an jeder, da gibt es kein Entrinnen. Bevor ich das Hotelzimmer verließ, steckte ich immer drei Markstücke in die Tasche und dachte mir, die ersten drei kriegen jeder eine Mark, dann kann ich zum Vierten ohne schlechtes Gewissen sagen, ich hab heute schon.

Da ich jeden Tag dieselbe Strecke hatte, erkannte mich mein Stammschnorrer schon von Weitem, und als ich gerade mein Markstück zücken will, meinte er: »Solln wa mal 'n Tach ausfallen lassen?«

Das U-Bahn-Fahren selber ist im Vergleich zu München ein echtes Erlebnis. In München fährt man halt einfach

Bahn. Aber in Berlin, da sieht man Menschen, die für die Kurzstrecke zwischen zwei Stationen ihr Strickzeug auspacken, zwei rechts, drei links, eins fallen lassen, einpacken und wieder aussteigen. Vor lauter Zuschauen bekam ich schon nervöses Augenflattern. Bei der nächsten Station stiegen zwei junge Männer ein, blitzschnell lief der eine mit aufgehaltenem Hut durch, der andere hatte die Gitarre im Anschlag: »There is a House in New Orleans…« Hab ich mir gedacht, das ist ja großartig, Livemusik in der U-Bahn, hab sofort drei Mark raus, in den Hut geschmissen, seltsamerweise war ich der Einzige in diesem Wagon, der bezahlt hat, schon war die nächste Station da, und die beiden stiegen mitten im Lied aus. Toll dachte ich mir, zahlst du drei Mark, aber der singt nicht mal das Lied zu Ende. Ich kann doch nicht von Wagon zu Wagon laufen, nur um zu kontrollieren, ob er es überhaupt zu Ende singt. Als Nächstes stieg ein Obdachlosenheftverkäufer ein. In München stehen die eher so da wie die Zeugen Jehovas, manche rufen im Vorbeigehen: »Biss«. *Biss* ist die Abkürzung für »Bürger in sozialen Schwierigkeiten«. In Berlin heißt das Heft *Motz*, was das heißt, weiß ich nicht, vielleicht »Männer ohne tolle Zugehfrau«, auf jeden Fall sind die da wesentlich aktiver.

Der kam also in die U-Bahn und fing an zu erzählen: »Ja, hallo, mein Name ist Paule, ick wünsche Ihnen erst mal einen wunderschönen Tag, ick bin durch unglückliche Umstände abjerutscht in de Schattenseite vonne Jesellschaft, ick hab früher mal in der Wäscherei jearbeitet, hatte so'n Hund dabei, Morlock, so'n Mischlingspinscher, is jetzt ooch schon jestorben, möge der Herr seiner armen Hundeseele gnädich sein, auf jeden Fall hat der Morlock irgendwann mal reingekackt in so 'n Wäschekorb, und dadurch bin ick abjerutscht in de Schattenseite vonne Jesellschaft, bin aber uffm besten Wech zur Rekonvaleszenz oder wie das heißt und würde mich freuen, wenn Sie mir so'n *Motz*-Heft abkaufen würden für zwofuffzich, wenn nicht, isses och o.k., ansonsten wünsch ick Ihnen einen wunderschönen Tach!«

Ich war wieder begeistert! Erzählt der da eine tolle Geschichte in der U-Bahn, ich sofort drei Mark raus, wieder als Einziger, der stieg aus, kam der Nächste rein: »Ja, erst mal einen wunderschönen Tag, ick bin abjerutscht in die Schattenseite vonne Jesellschaft, war früher Drogendealer, Waffenhändler, hab auch ab und zu 'n paar Asylanten illegal reinjeschleußt, aber ick hab mir jeändert und würde mich freuen, wenn Sie mir...« Was machst du jetzt, dachte ich mir. Ich kann doch nicht dem einen ein Heft abkaufen und dem anderen nicht, der sieht doch das auch. Das ging dann so von Station zu Station, ich hatte schon so sechs, sieben *Motz*-Hefte auf dem Schoß, ich wusste zwar, wo ich aussteigen muss, traute mich aber nicht. Wenn der nächste Heftverkäufer das sieht, denkt der sich: »Aha, allen anderen kauft er ein Heft ab, und meine Geschichte will er erst gar nicht hören!« Ich bin also notgedrungen bis zur Endstation mitgefahren, hatte einen riesigen Stoß *Motz*-Hefte, auf der anderen Seite wieder eingestiegen, ich musste ja wieder zurück, setzte mich hin und bemerkte ein seltsames Knistern und Schweigen in diesem U-Bahn-Wagen. Alle Fahrgäste starrten mich an wie in einem Western, wenn der fremde

Kopfgeldjäger den Saloon betritt. Auf einmal stand ein älterer Herr auf, stellte sich vor mich hin und brach das Schweigen: »Tschuldigen Sie, ich muss Ihnen das jetzt mal sagen, sagen Sie mal, Sie kommen hier rein mit Ihren *Motz*-Heften, setzen sich hin, erzählen keine Geschichte, gar nichts. Sie glauben gar nicht, wie gut mir das tut, das ist mir zehn Mark wert.« Das war auch für die anderen Fahrgäste wie ein Befreiungsschlag, sie kamen auf mich zu. Eine Freude, ein Jubeln war das. Man hat mir die *Motz*-Hefte praktisch aus der Hand gerissen, als Gegenwert so gut wie kein Hartgeld, nur Scheine, ich war begeistert von Berlins U-Bahn, habe meinen Kurzurlaub noch um zwei Tage verlängert und konnte mir mit dem Geld in München endlich eine Vespa kaufen.

Lucies neue Kneipe

Reich und schön

Bronske bekam in Lucies neuem Lokal seinen alten Stehtisch, Chosy, Walter und Simmermann saßen wie zuvor an ihren Stammplätzen, und auch Hannover-Fred fand sich nach einigen Tagen in gebührlicher Distanz auf der Eckbank ein. Laufkundschaft gab es selten. Ich, als der stumme Schreiber, betrat das Lokal, als Chosy gerade in einen spannenden Robert-De-Niro-Monolog versunken war: »Eheehh, ich weiß nicht, ob ich dich richtig verstanden habe, du hast ihn getroffen, hast aber nicht mit ihm geredet? Was soll ich mit dir machen, he, kannst du mir das sagen, was soll ich mit dir machen?«

Simmermann hört gebannt zu: »Naa, sagt mir jetzt nix!«

Chosy weiter: »Soll ich dir was sagen? Ich mag dich!«

Und dabei grinst Chosy, wie nur Robert De Niro grinsen kann und tätschelt Simmermanns Wange mit dieser bestimmten Art von Freundlichkeit, nach der man immer einen ungewöhnlich brutalen Gewaltakt befürchtet.

»Naa, sagt mir nix, fällt mir nicht ein!«, wiederholt Simmermann trocken.

»Lucie, mir bringst derweil noch ein Bier!«, wirft Walter unsensibel dazwischen.

Chosy fährt in seinem Filmzitat fort: »Eheehh, weißt du, ich hab mit ihm heute einen Kaffee getrunken. Wir haben uns unterhalten, ich habe zu ihm gesagt: O.K., wir haben einen Kaffee getrunken, wir haben uns unterhalten, aber die Medaille hat noch eine Kehrseite! Was ist, wenn wir uns da draußen treffen, sie hätten mich eingekreist und müssten mich verhaften? Ich würde sie erschießen, ich würde keine Sekunde zögern!«

Simmermann glaubt etwas zu wissen: »Wart einmal, das kenn ich, den Film hab ich gesehen, sag nichts, sag nichts, war das nicht irgendwas mit dem John Wayne?«

»Nein, es war nichts mit John Wayne…« Wieder fährt Walter uncharmant dazwischen: »Ah, geh, das ist ja furchtbar, ihr mit euren Filmen, Chosy, jetzt hast du so schön angefangen mit Kaffee trinken und ratschen, doch dann kommst du gleich wieder mit erschießen daher, ich könnt mir so was nie anschauen. Ich schau mir in letzter Zeit immer mehr so Nachmittagsserien an, da muss ich zwar nicht lachen, aber ich muss mich auch nicht aufregen!«

»Das passt zu dir«, geht Simmermann dazwischen, »ein schwuler Friseur, der sich Hausfrauenserien anschaut!«

»Jetzt hör halt mal auf, immer kommst du mir mit dem Schwulsein, ich kann mir doch im Fernsehen anschauen, was ich will, deswegen bin ich doch nicht schwul, ich bin bestenfalls christlich veranlagt, aber das ist was anderes. Außerdem sind diese Serien besser als ihr Ruf, ihr müsst sie euch halt anschauen, ich schau mir zum Beispiel seit Jahren sehr gern *Reich und schön* an.«

Wieder einmal schleicht dieses betörende Schweigen durch den Raum.

»Das stimmt aber jetzt nicht wirklich, oder … Walter! Chosy, kann das sein, dass der Walter Humor hat? *Reich und schön!* Die Serie gibt es nicht wirklich?«

»Ja, freilich, die gibt's wirklich, die schau ich mir schon seit Jahren an!«

»Seit Jahren schaust du dir *Reich und Schön* an, da müsste sie aber inzwischen ›Immer noch reich, aber ziemlich alt und hässlich‹ heißen, oder?«

»Ha, das ist wieder dein Humor, Simmermann, hahaha, alt und hässlich, hahaha.«

Darauf folgen drei Minuten unfreiwilligen Schweigens. Walter blickt durch den Raum: »Sehr schön hat sie es wieder eingerichtet, die Lucie, da mit dem Bronske, mit dem Stehtisch, einwandfrei!«

Er wendet seinen Blick Richtung Küche: »Lucie, sehr schön hast du es wieder gemacht, gefällt mir sehr gut, kein überflüssiger Schnickschnack. Bloß schade, dass so selten Fremdgäste reinkommen, das täte mir gefallen, wenn die öfters kämen und sehen täten, wie gut wir uns immer unterhalten!«

»Wieso, wir haben doch jetzt gar nichts geredet!«, gibt Simmermann zu bedenken.

»Ja, ist ja auch keiner da!«

Meine Anwesenheit wird nicht bewertet, da ich tief versunken in einem Manuskript einer Conférence zu einem 85. Geburtstag herumkritzele.

»Eheeehh, habt ihr schon mal einen Film gesehen von Aki Kaurismäki, da reden die oft zehn Minuten lang nichts!«

»Ist halt ein Stummfilm, oder?!«

»Naa, Walter, ich weiß schon, was er meint, des is, äh, wart, ich hab mir's aufgeschrieben!« Simmermann holt wieder ein paar zerfranste Papierfetzen aus seiner Hosentasche: »Ich kann mir nichts mehr merken, da haben wir's … Filmkunst, das meinst du doch, Chosy, da schauen sich die Leute im Kino so einen Film an und sagen dann: ›Das hat mir mal gefallen, ein Film, in dem sie zehn Minuten nichts geredet haben!‹«

»Ja ja, drüber reden können sie«, meint Walter, »aber selber schweigen können sie nicht!«

Trotzig erwidert Simmermann: »Ich könnte das schon!«

»Entschuldigen Sie, wenn ich mich da einmische …«, meldet sich Fred von hinten, »ja, hehe, ich bin auch wieder da, ja, wollte nur mal sagen, weil ich das gerade so gehört habe, das gefällt mir, wie Sie sich unterhalten, Sie unterhalten sich über das Schweigen, das ist, wenn Sie mich fragen, fast schon Expressionismus, da denke ich an Dadaismus und Kurt Schwitters, übrigens ein Hannoveraner, nicht wahr, den kennen Sie jetzt nicht, aber das gefällt mir, die Runde des Schweigens, das hat so was, so was…«

Da unterbricht Simmermann etwas lauter: »Weißt was. Mach halt einfach mit und halt dein Maul!«

»Eheehh, habt ihr schon mal gemerkt, dass ich oft eine halbe Stunde überhaupt nichts rede?«

»Nein«, meint Walter, »wie sollen wir das merken, wenn wir uns unterhalten, das hört man ja nicht!«

»Ich könnte das schon«, wiederholt Simmermann.

»Ja, dann fang halt einmal an«, sagt Walter.

»Ja, hab ich doch schon längst.«

»Ja, wann denn?«

»Na vorhin.«

»So? Wir haben doch noch gar nichts ausgemacht.«

»Jetzt lass mich doch mal ausschweigen.«

»Hehe, ist schon gut, ich wollte ja bloß wissen, wie lang...«

»So, jetzt reicht's mir, jetzt mag ich nicht mehr schweigen, jetzt ist es mir Wurscht, kannst wieder reden, also, was is, sag was!«

»Ja, jetzt fällt mir auch nichts ein!«

»So, jetzt fällt dir nichts ein?«

»Wenn du mich so drängelst, dann, dann...« Walter wendet sich gekränkt von der Tischrunde ab.

Ungewaschene Glöckner

Es folgt wieder eine Weile des unfreiwilligen Schweigens.

Walter setzt mit einem leichten Stöhnlaut neu an: »Öh, was ist denn jetzt mit deinem Bruder, hat er mal wieder einen Brief geschrieben?«

»Brief geschrieben, Brief geschrieben«, regt sich Simmermann auf. Wie er so reagiert, hat Walter offensichtlich einen wunden Punkt berührt. »Ich hab ihn noch mal angerufen, der weiß, dass wir umgezogen sind, der könnte doch einmal hier vorbeischauen! Langsam pressiert's, mir geht das Geld aus!«

»Aha, siehst du, dann täte dir das auch gefallen, wenn du reich und schön wärst?«

Simmermann blickt ihn entsetzt an: »Was soll jetzt das heißen? Du, reich wär ich schon längst, wenn ich mein Geld nicht ausgegeben hätte, und von dem anderen reden wir nicht. Wenn ich so eine depperte Lätschen hätte wie du, täte ich mir auch Gedanken machen!«

»Schönheit kommt von innen, Simmermann, außerdem kann man sich's nicht raussuchen!«

»Schönheit kommt von innen, ja, ich wasch mich wenigstens jeden Tag!«

»Ja, wer redt denn jetzt vom Waschen!«

»Das gehört auch dazu.«

»Aber davon redt doch kein Mensch.«

»Ja, weil es was mit Hygiene zu tun hat, aber von Hygiene spricht man nicht, das macht man … und du sprichst nicht davon *und* machst es nicht, verstehst du!«

»Das ist überhaupt nicht wahr, du weißt genau, ich hab mir gestern die Zehennägel geschnitten.«

»Aber in der Wirtschaft, so was macht man daheim.«

Von hinten schaltet sich wieder Hannover-Fred ein: »Entschuldigen Sie, Herr Simmermann, aber da muss ich mich auf die Seite von Herrn Walter stellen, also davon hab ich nichts gesehen!«

»Da konntest du auch nichts sehen, Fredl, weil er seine Nägel verdeckt rauszwickt hat, außerdem musst du nicht alles sehen!«

»Du weißt genau, die Lucie hat den schönen Nagelzwicker, dafür trinke ich ihr Bier, so was nennt man eine Symbiose.«

»Des is keine Symbiose, des ist unappetitlich, Walter.«

»Eheehh, Simmermann, ich versteh dich nicht, sag mal, hast du einmal Charles Laughton gesehen als Quasimodo? Hast du einmal...«

»Jetzt hör doch mal auf, Chosy, mit deinen blöden Filmen.«

»Lass mich ausreden, o.k.? Hast du einmal gesehen, dass sich der bucklige Glöckner in dem Film wäscht?«

Walter geht dazwischen: »Das ist jetzt, glaub ich, wirklich ein Schmarrn, Chosy, weil, das ist ein alter Schwarzweißfilm, und wir reden doch jetzt...«

»Lass mich ausreden, o.k., lass mich ausreden. Ihr habt es nicht gesehen, ihr habt es nicht gesehen, dass er sich wäscht. Und? Wirkt er deshalb unsympathisch?«

»Entschuldigen Sie, Herr Chosy«, meint Fred, »aber da muss ich was dazu sagen, da muss ich mich einmischen, schauen Sie, Sie reden von einem Film, nicht wahr, das ist ein Film, verstehen Sie, was ich meine, ja, aber das Leben...«, er hebt seine Stimme pathetisch, »...das Leben, die Realität spielt nun einmal auf einer anderen Klaviatur, wenn ich das sagen darf. Schauen Sie, im realen Leben, wenn Sie an einem Buckligen vorbeigehen, das dauert vier, fünf Sekunden, nicht wahr. In dem Film hat man aber zwei Stunden Zeit, sich an den Krüppel zu gewöhnen, nicht wahr, hahaha, war spaßhaft gemeint, wie gesagt, nichts gegen Krüppel.«

»Was heißt zwei Stunden Zeit, der Walter kennt mich

seit zwanzig Jahren, so wie der sich an mich gewöhnt hat, hätte er mir schon längst einen Heiratsantrag machen müssen.«

»Jetzt hör halt einmal auf, ich bin nicht schwul, immer wieder kommst du mir mit diesem Schmarrn daher.«

»Eheehh, Walter, das war ein Scherz.«

»Nein, des war kein Scherz, weil er das immer behauptet, bloß weil ich keine Frau hab, heißt das noch lang nicht, dass ich schwul bin.«

»Was bist du denn dann?«

Walter wendet sich für einen kleinen Moment ab und überlegt, ob und was er darauf antworten soll. Schließlich ringt er sich zu diesem Geständnis durch: »Abstinent. Ich hab doch gesagt, ich bin christlich veranlagt, der Herr und ich, wir genügen uns. Ich war sogar schon mal im VCF, im »Verein Christlicher Friseure«, wenn dir das was sagt!«

»Entschuldigen Sie«, mischt sich Hannover-Fred ein, »die Sache von vorhin, ich glaube, das haben Sie ein bisschen missverstanden, ich wollte das vielleicht … ich, ich, ich zäum mal den Zaun von der anderen Seite auf, schauen Sie, wenn Sie an einem Krüppel oder an einem Penner vorbeigehen, wenn Sie den lieb gewinnen wollen wie Quasimodo, dann glaube ich, bleibt es nicht bei zwei Stunden, das ist die Krux, verstehen Sie, das kann mächtig in die Hose gehen, dann schon lieber reich und schön, oder was meinen Sie?«

»Du, pass mir auf, Fredl, was du sagst«, meint Walter, »die Mutter Teresa hat sich *nur* um Arme gekümmert!«

Darauf Simmermann: »Ja, die arrogante Kuh, die Reichen waren ihr Wurscht…«

Walter ist ärgerlich: »Jetzt reicht's aber wirklich, Simmermann.«

Darauf Chosy: »Eheeh, Walter er hat einen Joke gemacht.«

Walter, noch mehr erregt: »Ah, joke, joke, joke, du mit deinen englischen Dreckswörtern, was heißt denn das wieder?«

Chosy erklärt: »Ein Scherz, ein Spaß.«

Walter schimpft wie ein Rohrspatz: »Das ist doch kein Scherz, man macht doch keine Scherze über die Mutter Teresa, das ist doch zynisch!«

Fred weiß es besser: »Entschuldigen Sie, äh, Herr Walter, aber zynisch finde ich übertrieben, hier würde das Wort sarkastisch passen.«

Darauf Simmermann: »Lass doch den Kotelettenkratzer, der kennt doch den Unterschied sowieso nicht.«

»Ehehh, Simmerman, kennst du den Unterschied zwischen zynisch und sarkastisch?«

»Wieso, der hat doch ironisch gesagt.«

»Nein, nein, da hab ich schon zugehört«, mischt sich Walter ein, »der hat sarkastisch gesagt.«

»Aber es war ironisch gemeint«, prustet Fred überlegen los. »Aber meine Herren, weil es gerade so nett ist, kann ich mich einen Augenblick zu Ihnen setzen?«

Fred steht auf und geht einen Schritt in die Richtung der Stammtischbrüder. Die drehen ihre Köpfe in seine Richtung. Eine unbehagliche Stille tritt ein.

»Wie, ja, dann äh, wenn ich schon mal stehe, nicht wahr, dann gehe ich eben wieder...«

Fred ist deutlich verunsichert: »Wie hab ich schon mal

gesagt, äh, dorthin, wo der Kaiser die Füße der Knaben umsonst wäscht, nein, äh, die Hände abschlagen, nein, das Wasser waschen, ach ich…« Und so verschwindet Fred vor sich hin murmelnd in der Toilette.

Da kommt Lucie aus der Küche. Dort liest sie, wenn sie wenig zu tun hat, gerne Bücher. Zurzeit blättert sie in Dantes *Göttlicher Komödie*. Und mit den Worten aus dem neunten Gesang im »Paradies« nähert sie sich ihrem Lieblingsgast Bronske:

»*Doch fühlt man hier nicht Reue, nein, man lächelt;*
Nicht ob der Schuld, denn die hat man vergessen,
Nein, ob der Kraft, die ordnet und vorhersieht.

Bronske, wie sieht's aus, kann ich dir noch was bringen?«

Bronske antwortet mit rauer Stimme, die den Raum vibrieren lässt: »Du kommst genau richtig, eine Weinschorle und einen doppelten Grappa bringst mir bitte, des brauch ich jetzt, und so langsam noch ein Packl Roth-Händle!«

Tanken in der Sommerzeit

Das Lokal ist noch zu. Davor steht die neue Getränkelieferung, Kästen mit Bier, Wasser, Limonade und zwei Fässer. Bronske schleppt die Kästen in den kleinen Lagerraum. Er ist froh, dass er Lucie helfen kann. Die beiden sind sich auf platonische Weise seit Jahren sehr nahe. Lucie ist noch beim Friseur, eine Liaison mit einem Kerl, den wir nicht kannten, hatte vermutlich ihr jähes Ende gefunden. Nur dann geht Lucie zum Friseur. Dafür aber relativ oft. Ich sitze, auch zu früh, wie immer in meiner Ecke, still und stumm, und kritzle an einer Laudatio für einen Kaninchenzüchterverein. Da kommt Walter durch die Tür. Walter war eine Woche lang in Österreich beim Heurigen. Das gönnt er sich jedes Jahr. Seine Weinkur, wie er das nennt. Er meint das zweifach. Zum einen, weil er dort Wein trinkt, das sowieso, und zum anderen, weil ihn die Heurigenlieder immer so anrühren, diese Lieder über das Trinken und den Tod mit einer schmerzvollen Hoffnung, mit einer sentimentalen Fröhlichkeit, die ihn bewegt. Zumindest in dieser Woche in Wien.

»Grüß dich, Bronske. Bin ich noch ein bisserl früh, ha?«

Walters Haare stehen kreuz und quer, und seine verquollenen Augen zeugen von einem Ausflug, der als geistige Erholung vielleicht durchgeht, nicht aber als körperliche.

»Ich bin mit dem Nachtzug gefahren. Ich weiß gar nicht, ob der Zug jetzt pünktlich war, weil ich nicht weiß, ob meine Uhr geht oder nicht!« Dabei blickt er intensiv auf seine Armbanduhr. »Ich kauf mir jetzt doch einmal eine Uhr mit Sekundenzeiger, dann seh ich's wenigstens!«

Es ist gut für ihn, dass wenigstens ich da sitze und ihm, da Bronske weiter herumräumt, als Zuhörer gelten kann. »Ich müsste gar nicht draufschauen. Ich könnte auch einfach so …«, er senkt seinen Arm und blickt ins Leere, »… aber man hat ja oft so Momente, wo man sich denkt, wie spät haben wir es denn? Dann schau ich drauf, und dann weiß ich es wieder nicht! Bei mir ist es nicht so schlimm, aber es gibt ja auch andere Leute. Es gibt ja Leute mit gesellschaftlichen Verpflichtungen. Dass mal einer wo hinmuss oder dass mal einer wegmuss. Ich hab selber, hab ja auch so ...«, er gerät ins Stocken und sucht nach einem treffenden Beispiel, »... ich fahre zum Beispiel sehr gern zum Tanken. Da schau ich daheim immer auf meine Wanduhr, die geht im Allgemeinen richtig. Eine Stunde halt falsch, wegen der Sommerzeit. Aber sonst müsste ich im Frühjahr auf den Hocker steigen und die Zeiger drehen, im Herbst müsste ich dann wieder auf den Hocker rauf und müsste wieder zurückdrehen, da denk ich mir, die paar Tage kannst du auch abwarten. Man muss nicht alles mitmachen.

Ich hab mich daheim ganz gut eingerichtet, ich bin ja allein stehend, nicht nur, sag ich immer ...«, dabei lacht er etwas gequält, und dieses Lachen lässt ahnen, dass jetzt einer seiner Lieblingsscherze kommt, »... auch allein liegend, hähä, das ist so eine Redensart von mir.« Seine Gesichtszüge werden bedeutsam. »Nein, also wirklich, ich bin allein stehend. Das sieht man mir gar nicht an, gell? Ich kann mich schon verstellen, wenn ich will. Na ja. Man kann sich es nicht raussuchen. Wer weiß, für was es gut ist. Anders könnte ich gar nicht mehr leben. Ich steh meistens um zehn Uhr auf, da ist es auf meiner Wanduhr elf, jetzt habe ich aber unter die Uhr einen Zettel hingeklebt, auf dem steht: zurück. Ich setze mich also an meinen Küchentisch, da habe ich immer einen Block und einen Stift, und schreibe drauf, elf, zurück, aha, minus eins, und dann weiß ich es genau. So fängt der Tag bei mir an, dann erledige ich mein Zeug, und dann sperre ich meinen Friseurladen auf. Ich bin ja ein reiner Herrenfriseur, sehr viele junge Leute, oft kommt ein Papa mit seinem Bub rein, ich hab ja früher schon um neun aufsperren müssen, weil alle einen anderen Haarschnitt wollten, aber jetzt durch das Moderne, da haben die alle denselben Haarschnitt, meistens diese Topffrisur, für die sie uns früher erschlagen hätten. Ein paar blonde Strähnen und Zöpferl hinten dran, fertig. Da reicht's, wenn ich um elf Uhr aufsperre!«

In diesem Augenblick betritt Lucie den Raum. Von ihrer langen Mähne blieb nur noch ein sportlicher Kurzhaarschnitt übrig. Passt gut, dachte ich.

»Walter, was machst du schon hier?«

»Ah, Lucie, bin ich noch ein bisserl früh, ha? Aber der Bronske und der da sind doch auch schon da!«

»Der da zählt nicht, und bei Bronske ist das was anderes, das weißt du!«

»Schmarrn, dann geh ich halt noch etwas spazieren, vielleicht finde ich noch ein Uhrengeschäft, dann kauf ich mir noch einen Sekundenzeiger dazu!«

Lucie bringt Walter hinaus und geht zu Bronske, der irgendwas in der Küche einräumt.

»Bronske, was sagst du?«

»Einmalig, Lucie, passt hundertprozentig zu dir!«

»Übrigens, danke fürs Einräumen!«

»Schon gut, Lucie, was soll ich denn daheim!«

»Was machen wir, Bronske, die Brauerei hat geschrieben. Die wollen die Pacht erhöhen. Was machen wir, wenn die uns wieder rausschmeißen? Soll ich dann auch mal so was aufmachen wie Erlebnisgastronomie? Mit einer Cocktailbar und dir als Barkeeper, mit einer Happy Hour, tougher Musik, toughen jungen Leuten, die sich unterhalten üben, die vor lauter SMS gar nicht mehr wissen, wie Fortpflanzungsrituale funktionieren? Ich weiß nicht, ob uns das gefällt, Bronske, mit uniformiertem Personal, roten Schürzen, gelben T-Shirts, auf denen groß LUCIE steht. Das Personal ist angewiesen, alle zu duzen, zu allen freundlich zu sein, und es läuft gut, und ich mache noch ein Lokal auf und noch eins... Würde dir das gefallen?«

Bronske raunt wieder einen seiner Sätze: »Manchmal muss man sich auch zusammenreißen, wenn nichts los ist!«

Lucie geht in den Gastraum und beginnt, die Tische zu wischen. Bronske folgt ihr und begibt sich an seinem Stehtisch in Position. »Sag mal, Bronske, warst du nicht auch mal so was wie verheiratet?«

Bronske hebt den Kopf, sieht Lucie an und will ihr antworten. Lucie merkt, wie schwer ihm das fällt, und meint: »Sag jetzt nichts, schone deine Stimme. Weißt du, wenn ich so zurückschaue – warum hab ich mich von meinem Mann getrennt? Wir hatten ein großes Haus, fast eine Villa, Golfclub, Segelclub, ein schönes Boot, vier Autos, drei Kinder, einen Weinkeller, Freunde, Reisen, wir sind viel herumgekommen... Wir haben uns auch unterhalten, er war belesen, also kein Trottel in dem Sinn... Was ich sagen will, Bronske, von außen gesehen war das alles wunderbar, verstehst du? Irgendwann wurde das Ganze unerträglich. Wir waren Zierfische in einem Aquarium. Ich war innerlich verzweifelt. Ich hab mir gedacht, was machst du jetzt, soll ich mich betrinken oder belügen? Eine Zeit lang hab ich beides gemacht. Den Rest kennst du. Jetzt bin ich hier! Ich könnte schon einen Mann gebrauchen, einen, der mir hier hilft, einen, mit dem ich mal reden kann, einen, mit dem ich mal nur trinken kann, auch einen fürs Bett ... also vier bräuchte ich schon. Aber einen fürs Leben, nein, das pack ich nicht mehr. Was meinst du, Bronske?«

Bronske hält seinen Kopf gesenkt und blickt auf den Stehtisch: »Passt schon, Lucie. Bringst mir noch ein Packl Roth-Händle!«

Zum Bieseln nach Hannover

Inzwischen sitzt Hannover-Fred mit seiner Wirtschaftszeitung wie immer an der Wand im hinteren Eck. Kurz darauf nehmen auch Chosy und Simmermann wieder ihre angestammten Plätze ein. Recht wortkarg dümpeln sie mit ihren Getränken vor sich hin, als Walter von seinem Spaziergang zurückkommt: »Ah, da seid's ja alle«, meint er zur Begrüßung. Sein Gesichtsausdruck zeugt von einer tiefen Befriedigung, dass der Urzustand im Lokal wiederhergestellt ist. Lächelnd geht er auf Bronske zu: »Bronske, ich glaub, da liegt was unterm Tisch!« Bronske weiß natürlich, worauf er anspielt, und kontert mit seiner Reibeisenstimme sofort: »Das hätte ich gesehen, ich hab jetzt Kontaktlinsen!«

Walter lacht bei Bronskes Antwort und setzt sich. Er registriert Simmermanns sturen Blick ins Bierglas: »Schwimmt da was Besonderes drin, oder warum schaust so?«

Simmermann antwortet, ohne seine Position zu verändern: »Mein blöder Bruder. Jetzt hab ich ihn noch mal angerufen. Der kann doch mal vorbeikommen und schaun, wie ich so lebe. Außerdem muss er mir Geld leihen!« Plötzlich rüpelt er Chosy an, der erkennbar in einer anderen Gedankenwelt schwebt: »Sag halt du auch einmal was.«

»Eeeheeehhh«, antwortet dieser, »ich hab gestern einen Film gesehen im Originalton. Robert De Niro hat eine ganz hohe Stimme!«

Simmermann steigt gleich darauf ein: »Ja, das weiß ich doch, hab den Film doch gesehen: *Butch Cassidy und Dingsda Kid*, hab ich doch gesehen!«

»Das war Robert Redford!«

Simmermann wendet sich an Walter: »Wieso kommst du eigentlich jetzt erst, sonst bin doch immer ich der Erste?«

»Ich war doch heute schon mal da! Aber zu früh. Dann bin ich halt noch ein bisschen spazieren gegangen. Du, so ein Industriegelände hat was. Das hat mich direkt an die EXPO damals erinnert!«

»An was?«, fragt Simmermann.

»Ah ja, da war doch damals so eine Weltausstellung in Hannover, weißt es nicht mehr?«

»Und dort warst du?«

»Freilich da war ich dort. Das hab ich mir angeschaut!«

»Und wie war's?«

»Ah, geh, das ist ja schon so lange her!«

»Na, jetzt erzähl halt!«

»Ja, ich hab Pech gehabt, weil ich den letzten Tag dort war! Sechs Stunden bin ich vor dem Deutschen Pavillon angestanden, und dann haben sie zugesperrt. Nur noch einen Blick hab ich reinwerfen dürfen!«

»Und was war da drin?«

»Ah ja, da haben sie schon … also einiges …«, Walter stockt, »… also, eine Menge Fernseher waren drin!«

»Wegen ein paar Fernsehern fährst du nach Hannover? Sechs Stunden stellt er sich an …«, wendet sich Simmermann an Chosy, »… sechs Stunden. Jetzt haben sie gerade wieder in der Zeitung geschrieben, dass der Mensch in seinem Leben zu lange wartet. Hast du gewusst, Chosy, dass der Mensch ein Fünftel seines Lebens wartet? Das musst du dir mal vorstellen, ein Fünftel, das sind …«, Simmermann rechnet, »… knapp zwanzig Prozent!«

Nach ein paar stillen Sekunden meint Chosy: »Simmermann, was willst du mir damit eigentlich sagen?«

»Na, überleg doch mal. Wenn du 65 bist und hättest nie warten müssen, dann wärst du erst 51!«

»Das ist ein Schmarrn. Da wartest du dein Leben lang auf deine Rente und dann sollst du noch mal 14 Jahre länger arbeiten!«

Da meldet sich wieder Chosy: »Eeheeeh, sag mal, Walter, was wolltest du eigentlich auf dieser EXPO?«

»Ich wollte bloß wissen, wo genau dieser Prinz August hingebieselt hat. Weil ich hätte dann auch hingebieselt. Und danach hätte ich mir gedacht: Wer weiß, für was es gut ist! Aber ich hatte den genauen Pavillon vergessen, also hab ich für alle Fälle überall hingebieselt. Ist aber nichts passiert, mich hat keiner fotografiert, gar nix.«

»Hast du das gehört, Chosy, jetzt fährt er schon zum Bieseln nach Hannover!«

»Nein...«, beschwert sich Walter, »... bei dir darf man gar keinen Witz mehr machen. Ich wollte halt einmal in meinem Leben die ganze Welt sehen. Deswegen bin ich hingefahren. Und jetzt hab ich sie gesehen. Wenn auch nur von außen!«

Rote Flecken bilden sich in Walters Gesicht. Simmermann sieht das und will ihn beruhigen: »Ja, Walter, ist ja schon gut!«

»Nein, jetzt ist es nicht mehr gut!«, antwortet er, den Tränen nahe. Simmermann, mit Walters Empfindlichkeiten durchaus vertraut, beugt sich beruhigend nach vorne: »Walter!«

Doch der wendet sich, die Arme verschränkend, unversöhnlich ab. Allgemeines Schweigen. Simmermann lehnt sich schuldbewusst, aber auch stolz zurück: »Chosy, sag halt auch was!«

Ruckartig verfällt Chosy in seine Robert-De-Niro-Position, aber mehr als ein Gestöhne kann er sich selbst nicht entlocken: »Eeheeehh...«

Simmermann startet einen neuen Versuch: »Walter, hast du Lust, dass wir uns ein bisschen unterhalten?«

Walter dreht sich neugierig zurück: »Ein Gespräch, oder was?«

»Ja, genau, du weißt doch, wie in unseren guten Zeiten! Drei Menschen, drei Hirne, und ab geht's, ha!« Er klopft Walter aufmunternd auf die linke Schulter. »Weißt du«, fährt er fort, »ich hab mir gedacht, wir suchen uns irgendein Thema, so was wie Politik, und darüber reden wir dann!«

Wie auf Knopfdruck normalisiert sich Walters Gesichtsfarbe wieder. Ohne Verzögerung steigt er auf Simmermanns Angebot ein: »Ah ja, das gefällt mir. Also, ich glaube, dass eine große Koalition …«

Simmermann unterbricht ihn wieder: »Nein, das war nur ein Beispiel, Walter, Politik war nur ein Beispiel. Ich habe mir gedacht, *irgendein Thema!*«

»Ja, was denn … Musik?«

»Ja genau, so was.«

»Autoreifen?«

Simmermann meint nach einem Moment des Nachdenkens: »Riesenthema, Walter.«

»Sport?«

»He, jetzt drehst du aber auf!«

»Ja, gell!« Walter freut sich. »Ich glaube ja, dass die Schwierigkeiten beim FC Bayern darin liegen …«

Simmermann unterbricht erneut: »Nein, das war nur ein Beispiel, Walter. Eines von vielen. Ich habe mir gedacht, wir reden vielleicht mal über …«

»Jetzt hab ich wieder eine Idee …«, gibt sich Walter euphorisch, »… ich könnte ja was von mir erzählen!«

Simmermann prustet laut lachend los und wird deutlich: »Nein! Weißt du, Walter, ein Thema, in dem es nicht nur um dich geht und nicht nur um die anderen. Sondern um uns, verstehst du, ein Thema, bei dem es nur um uns geht!«

Die Welt im Hinterhof

Mit einem Mal hebt Simmermann seinen Kopf und schaut gebannt nach draußen. Sein Blick verändert sich: »Da schaut's mal aus dem Fenster. Kennt ihr den, der da aus dem Wohnmobil aussteigt? Das ist mein Bruder. Jetzt kommt der tatsächlich!«

»Ist das der mit dem grünen Jackett?«, wirft Walter ein. Das Jackett war nicht grün, sondern anthrazitfarben, aber Walter war schon immer farbenblind. Gemeint hat er dennoch den Richtigen.

Die Tür geht auf, und herein kommt Simmermanns älterer Bruder. Zackig und doch geschmeidig tritt er in den Raum: »Ja, hallo!«

Ein unsicheres Lächeln begleitet seine leicht heisere, aber dennoch kräftige Stimme. Lucie kommt lächelnd aus der Küche und meint, während sie ihre Hände abtrocknet, in ihrem verführerisch trockenen Ton: »Hallo. Was zu trinken?«

»Aha, Sie müssen Lucie sein, Kompliment, mein Bruder hat nicht übertrieben. Die schönste Wirtin zwischen Windischeschenbach und Helsinki, hat er zu mir immer gesagt, und ich kann das nur bestätigen!«

Lucie erkennt seinen modrigen Charme, nimmt das Kompliment dennoch gerne an: »Danke.«

»Aber nichts zu trinken für mich, danke, muss auch gleich wieder weg, wollte nur mal ganz kurz hier …«

Er blickt sich um und entdeckt seinen Bruder: »Da isser ja, Mensch, Paul!«

Er geht zu ihm, die beiden begrüßen sich überraschend förmlich mit Handschlag. Simmermann setzt sich wieder, sein Bruder geht zurück in die Mitte des Raumes. »Mensch, Paul, alte Schildkröte. Ich hab doch gesagt, ich komm vorbei, und jetzt bin ich hier.« Er blickt sich wieder um: »Und Sie sind die Stammgäste, was? Sagen Sie einfach Max zu mir. Ich bin der Bruder von Paul. Er hat mir ja viel von Ihnen erzählt. Also, nicht mir, aber meinem Anrufbeantworter. Das ist ja auch schon was wert, nicht wahr, Hauptsache, ich habe ihn abgehört. Gar nicht so leicht, euch hier zu finden. Gestern war ich noch bei der alten Adresse. Ist jetzt ein Stehjapaner. Haben Sie das gewusst?«

Da keiner weiß, was er darauf sagen soll, schweigen alle. Max blickt nach oben: »Schöne Decke. Barock oder so. Schon oft übertüncht. Muss man abtragen. Dafür gibt es Geld von der Gemeinde, steht wahrscheinlich unter Denkmalschutz, da kenn ich mich aus. Sehr schön!«, wiederholt er sich, selbstverliebt in seine Worte: »Klein, aber fein. Erinnert mich so ein bisschen an unsere Wohnung, Paul, in der wir aufgewachsen sind. Weißt du noch, hier stand immer Mutter …«, dabei deutet er in Richtung Lucie, »… nichts gegen Sie, also, hier stand immer Mutter und hat gekocht. Wenn es fast nichts zu essen gab, sagte sie immer: ›Den Wind kann man nicht verbieten, aber man kann Mühlen bauen!‹ Habe ich zwar nie kapiert, aber es hat mir immer gut gefallen!«

»Das kenn ich, das geht mir oft so!«, wirft Walter ein. Max aber referiert dessen ungeachtet weiter: »Da, in diese Richtung …«, er deutet dabei auf den Gang zur Toilette, »… da ging es immer raus zum Hof, Paul, weißt du es noch?« Ein leichtes bestätigendes Grummeln von Simmermann ist zu vernehmen. »Da haben wir viel gespielt. Ich weiß noch genau, als wir uns den Hof immer in Kontinente einteilten. Da hinten bei den Garagen, das war Asien, bei den Mülltonnen, vor denen die Kinder aus dem dritten Stock spielten, das war Afrika, und die gusseiserne Wendeltreppe zu diesem immer besoffenen Schlosser, das war Russland, das weiß ich noch wie heute. Und der Ami, der war auf der anderen Straßenseite, das war der Feinkost Müller, weil der uns nie reingelassen hat.

Habe ich oft dran gedacht, als ich noch bei Siemens war, als Projektmanager, da musste ich ja viel fliegen, und wenn ich so aus dem Fenster blickte, dachte ich oft, jetzt fliegst du über die Garagen, dann landest du bei den Mülltonnen und nächste Woche bist du wieder bei Feinkost Müller. Tja, und wenn ich keine Zeit hatte, mit dir zu spielen, schnapptest du dir einen Stuhl aus der Küche, hast dich vor die Tür gesetzt und den ganzen Tag die Welt bewacht. Tja, lange her.

Ich habe dir in meinem Brief ja von der Firma geschrieben, die ich gegründet habe. Ist gut gelaufen, wir hatten schon sechs Filialen, also, Gunter, mein Kompagnon, und ich. Freizeitmarketing, die größte Wachstumsbranche überhaupt. Weißt du, warum? Die Leute wollen sich alle so oft wie möglich spüren. Was erleben. Über den Bildschirm klappt das nicht, die Leute wollen den Müll loswerden, der sich da oben angesammelt hat!« Dabei tippt er sich an die Stirn, während er aus dem Fenster blickt, und fast hatte es den Anschein, als erzähle er das vor allem sich selbst: »Wir parodieren doch nur noch die Parodie, wir äffen doch nur noch das Abziehbild eine Karikatur nach, immer auf der Suche nach dem Original!«

Hektisch wendet er sich wieder dem Stammtisch zu. Seine Stimme überschlägt sich fast in ihrer Heiserkeit: »Aber das Original, Paul, das Original ist verschollen, irgendwo zwischen Internet und Selbstverwirklichung! Das ist zwar traurig, aber wenn man die Spielregeln kennt, kann man mit so was Geschäfte machen. Schau mal her, ich zeig dir mal was.« Dabei kramt er aus seiner Hosentasche ein nicht definierbares Plastikteil heraus und hält es den dreien am Stammtisch vor das Gesicht: »Schaut euch das mal an. Weiß jemand, was das ist?« Simmermann blickt ratlos, Chosy will sich einbringen: »Eeehheeeh...«, doch schon setzt Max seine Ausführungen fort: »Ich weiß es auch nicht. Hab ich draußen auf der Straße gefunden. Und jetzt sag ich dir was, mein lieber Bruder, wenn du mit der richtigen Werbestrategie den Leuten erzählst, dass du, wenn du dir das Teil hier 14 Tage lang um den Hals hängst, danach zehn Kilo leichter bist, kannst du mit so einem Teil reich werden. So sieht es aus. Hier, schenk ich dir!« Dabei legt er das Plastikteil auf den Tisch.

Daraufhin stellt sich Max wieder in Position, die Hände in die Hosentaschen, er atmet tief durch und blickt wieder Richtung Fenster: »Sechs Filialen hatten wir schon. Rundreisen durch die Freizeitparks, Nationalparks, Extremsport, alles dabei. Aber mein Kompagnon, der Gunter, der war zu weich. Dem war das alles zu viel, verstehst du? Der konnte auch keinen entlassen. Ich habe immer wieder zu ihm gesagt: ›Gunter, wir können uns nicht um

Einzelschicksale kümmern!‹ Hat alles nichts gebracht. Gerade als die Firma am Laufen war, hat sich Gunter zurückgezogen. Burn-out-Syndrom, Depressionen, das ganze Zeug. Ich war oben im Büro am Akquirieren, und er saß grübelnd unten im Eiscafé. Ich bin immer wieder runter zu ihm, hab auf ihn eingeredet: ›Gunter, zu viel denken lähmt den Willen zur Tat, hör endlich auf, lass mich jetzt nicht hängen.‹ Irgendwann hat's mir gereicht, ich sagte zu ihm: ›Gunter, du bist ein guter Kollege, aber mit dir werde ich es bundesweit nicht schaffen!‹ Da fängt der an zu heulen, im Eiscafé ›Mama Mia‹ fängt der an zu heulen. Erzählt mir was von seinem Vater, der ihn auch immer runter machte, ihn nie lobte, heult und rennt raus. Was hätte ich denn machen sollen? Drei Tage später haben sie ihn gefunden, er soll von einer Eiche gesprungen sein, kopfüber, auf das Grab seines Vaters!«

Dabei geht Max tief atmend an das Fenster, dreht sich um und wendet sich wieder an seinen Bruder: »Paul. Ich hab früher oft auf dich herabgeschaut …«, dabei sieht er auf Paul hinunter, »… hab zu dir immer gesagt, du schaffst es nicht, du bist zu unentschlossen, du hast nie Geld. Ich bin gekommen, um dir zu sagen …«, Max zögert, »… dass mir das leidtut. Im Grunde habe ich dich immer bewundert. Schon früher im Hof. Wie du so da sitzt und die Welt bewachst. Das hat mir gefallen. Für mich ist das zu spät!«

Er tritt wieder ans Fenster: »Da draußen, das Wohnmobil, das hat mir mein Kompagnon, der Gunter, vermacht. Und jetzt pass auf. Sein letzter Wille war, dass aus seiner Asche ein Zeichenstift gepresst und mit diesem Stift sein

Porträt gezeichnet wird. Verstehst du? Habe ich alles veranlasst. Das Bild hängt jetzt da drin, im Wohnmobil. Ist das nicht verrückt? So fahre ich jetzt immer mit Gunter spazieren. Die nächste Fahrt wird seine letzte sein. Runter nach Kalabrien, in ein Kloster, da häng ich ihn auf. Dort findet er sicher seine Ruhe. Ich bleibe zwei Wochen dort, tut mir sicher gut. Kann zwar kein Italienisch, aber egal, ist ein Schweigekloster. Das Rauchen habe ich übrigens auch aufgehört …«, dabei holt er ein Feuerzeug aus seiner Tasche und legt es auf den Tisch, »… ist echt Gold, musst nur Gas nachfüllen, dann geht's wieder …«, daraufhin nimmt er seine Uhr ab, »… hier, die Uhr brauch ich auch nicht mehr! Schau mal, die steht im Moment, aber da brauchst du keine Batterie, die speist sich mit Solarzellen, auf die Art und Weise kommst du wenigstens ab und zu ein bisschen raus. Kleiner Scherz von mir!«

Er geht langsam zur Tür. Simmermann will sich zum Verabschieden erheben, doch sein Bruder winkt ab: »Nein, nein, bleib sitzen, mach's gut, Paul, ich gehe jetzt einfach!«

An der Türe wendet er sich noch einmal um: »Und vergiss nicht, Paul, was Mutter gesagt hat: ›Den Wind kann man nicht verbieten, aber man kann Mühlen bauen!‹«

Vereinsgründung

Viele Sekunden herrscht betroffenes Schweigen im Lokal. Dann nimmt Simmermann das Feuerzeug und die Uhr in die Hand und grummelt vor sich hin: »Ein Geld brauch ich, Max, und keine Uhr, die nicht geht, und kein kaputtes Feuerzeug!«

Äußerst beeindruckt vom Auftritt des Bruders äußert sich Chosy: »Eeh, das war, das war ziemlich gut. Eine Art Burt Lancaster mit vielleicht einem Hauch Richard Burton!«

»Ja, dein Bruder, der ist schon recht interessant, Simmermann …«, ergänzt Walter. Dabei nimmt er das Plastikteil vom Tisch und hält es sich an den Kehlkopf: »Aber ganz habe ich das jetzt nicht verstanden. Wo soll ich mir dieses Teil hinbinden, damit ich abnehme?«

Daraufhin fühlt sich Hannover-Fred zur Korrektur veranlasst: »Entschuldigen Sie, Herr Walter, wenn ich da ganz kurz einfalle, ich glaube, da haben Sie etwas missverstanden. Das, glaube ich, meinte der Bruder von Herrn Simmermann anders, mehr als marktpolitische Metapher, wenn ich das mal eben so sagen darf, nicht wahr! Aber Sie können sich das Plastikstück ja gerne um den Hals binden, die Homöopathie verzeichnet ja auch ab und zu Erfolge!« Und dabei lacht er wieder einmal unpassend, spürt die Stille, legt aber nach: »Bei der Gelegenheit fällt mir ein Arztwitz ein, also, kommt ein Arzt zum Mann …«, er überlegt, »… nein, halt, kommt ein Mann …«

Da unterbricht ihn lauthals Simmermann: »Nein, dir fällt jetzt kein Witz mehr ein, Fredl, weil ich mich jetzt konzentrieren muss! Hast du denn überhaupt kein Gefühl?«

Dabei haut er mit seiner flachen Hand kräftig auf den Tisch, Chosy und Walter zucken zusammen, Sekunden der Stille folgen. Simmermann setzt seine Gedanken in ruhigem Ton fort: »Da kommt der Max nach all den Jahren einmal in unsere Wirtschaft! Nicht einmal hingesetzt hat er sich. Läuft auf und ab, redet von Dingen, von denen er genau weiß, dass ich sie nicht verstehe. Aber trotzdem. Irgendwas hat gestimmt von dem, was er gesagt hat. Irgendwas. Wir sitzen immer nur da und reden! Vielleicht ist das wirklich zu wenig!«

Darauf meint Walter: »Ja, Simmermann, wir könnten ja ein bisschen spazieren gehen. Das Gelände hier hat ganz anschauliche Gebäude!« Dabei nimmt er die Solaruhr vom Tisch. »Dabei könnte ich gleich mal schauen, ob die Uhr bei Sonneneinstrahlung funktioniert. Die hat nämlich Sekundenzeiger, an der wäre ich interessiert!«

Darauf geht Chosy wieder auf Simmermanns Worte ein: »Eeheeh, ich glaube, ich weiß, was Simmermann meint, ich sehe das auch so. Wir sind alle einfach zu unentschlossen!«

Nach einem stillen Moment meint Simmermann: »Ja, und was sollen wir jetzt machen?«

Da hat Walter eine Eingebung: »Ich hab eine Idee! Wir könnten einen Verein gründen!«

»Nein, Walter«, erwidert Simmermann, »wir können keinen Verein gründen. Weil es für alles auf dieser Welt schon einen Verein gibt. Gerade wir hier in diesem Land sind die Weltmeister der Vereine, ob Kaninchen, Folklore oder Briefmarken, für jeden Kleiderständer gibt's einen Verein, verstehst du, Walter, da brauchen wir nicht auch noch …«

»Entschuldigen Sie, bevor Sie platzen, Herr Simmermann, darf ich kurz unterbrechen …«, wirft sich Hannover-Fred mutig dazwischen, »… ich hätte da für Ihre Runde einen Kompromissvorschlag. Also, wenn Sie sich alle zu unentschlossen fühlen, dann gründen Sie doch gemeinsam den Verein für Unentschlossene, das würde das Aktive mit dem Passiven im Verein vereinen, wenn Sie verstehen, was ich meine!« Und wieder lacht er in seiner so gönnerischen Art.

»Was sagt er? Hat er das ernst gemeint?«, fragt Simmermann.

Walter meint durchaus angetan: »Ich weiß nicht, aber irgendwie klingt es doch, ähh…« Ihm fehlt in seiner versuchten Diplomatie das abschließende Wort.

Fred wird aktiv: »Ich bin auch gerne behilflich beim Erstellen der Vereinsstatuten!«

Jetzt ist auch schon Simmermann ernsthaft am Überlegen: »Nein, nein, Fredl, das machen wir schon selber, da kenn ich mich schon aus. Verein für Unentschlossene ist ganz einfach! Sobald einer von uns eine Idee hat und diese in die Tat umsetzt, wird er rausgeschmissen!«

Walter zeigt sich begeistert: »Also, da wäre ich sofort dabei!« Sein Blick führt zum Stehtisch. »Der Bronske macht vielleicht auch mit, bei der Lucie, wird es, glaube ich, ein schwieriges Aufnahmeverfahren, weil die hat schon zu viel unternommen. Aber die könnte ja die Buchhaltung übernehmen oder so was!«, ergänzt er kleinlaut. »Chosy, wie schaut es bei dir aus, bist du dabei?« Chosy ist verunsichert und nervös, so spontan etwas zuzusagen, war nie seine Stärke. Seine Augen unter den hochgezogenen Augenbrauen kreisen durch den Raum, alle Blicke ruhen erwartungsvoll auf ihm, von dem man lange nur Robert De Niros stöhnendes Raunen hört: »Eeheeeh... eehh... ehh...«, doch dann, »...eeh, ich ehhh, o.k.«

Simmermann schreitet zur Tat: »Aha, gut. Also dann gründe ich jetzt den Verein!«

Chosy, der sich schon als aktives Mitglied sieht, gibt zu bedenken: »Langsam, Simmermann, langsam. Wenn du den Verein gründest, dann hast du einen Beschluss gefasst. Dann kannst du nicht beitreten!«

»Ah so?«

»Wie sieht es denn aus, da vorne am Stammtisch, kann man schon was Neues erfahren?«, meldet sich neugierig Hannover-Fred. Simmermann dreht sich langsam zu ihm um und sieht Fred plötzlich mit ganz anderen Augen. Er weiß, wie das Problem zu lösen ist und lächelt Fred an: »Fredl, hast Lust, magst du dich zu uns an der Tisch hersetzen?«

Fred blüht auf. Er erhebt sich und meint strahlend: »Aber gerne. Also, da bin ich ja überrascht. Aber natürlich, da bin ich doch, äh...«, stammelt er vor sich hin, während er sich einen Stuhl schnappt und dazusetzt. Es ist ihm nicht bewusst, dass er gleich einen Verein gründen wird, aus dem er sofort rausfliegt.

Ausflug in die alte Hauptstadt

Crashkurs in Bonn

In der Zwischenzeit war ich einmal zu einem dreitägigen Intensivkurs zur Rhetorikschulung nach Bonn gefahren, um meine Vortragsfähigkeiten auf Hochzeiten und Geburtstagen zu verbessern.

Da Bonn früher Regierungssitz war, gibt es dort noch immer eine ganze Menge Rhetorikspezialisten, die preiswerte Crashkurse anbieten. Der Leiter unseres Kurses, Herr Wilmsheimer, ein korrekter Mann um die fünfzig, legt sich am letzten Tag, zum Finale quasi, noch einmal mächtig ins Zeug: »Herzlich willkommen, liebe Kursteilnehmer bei unserem kleinen Rhetorikseminar ›Überzeugtes Reden durch redendes Überzeugen!‹«

Für einen Moment gerät er ins Nachdenken, man sieht ihm an, dass er jetzt etwas Spaßiges von sich geben will: »An dem Titel, wie Sie wissen, arbeite ich noch, aber was soll's, ein guter Freund von mir erwartet demnächst sein achtes Kind. Er hat sich sozusagen selbst überzeugt! Ein kleines Wortspiel – warum nicht, heute am letzten Abend, denn wie meinte schon unser großes Vorbild

Johann Wolfgang von Goethe ...«, und damit holt er einen Zettel aus seiner Jackentasche, »... Milch, Eier, Butter, Münsterkäse, ach äh, nein, das war etwas anderes. Aber sei's drum, sechs Doppelstunden liegen hinter uns, in denen Sie alle ein bisschen was von dem gelernt haben, worum es bei der Kunst der Rede geht. Einer aus Ihrer Mitte hat sich bereit erklärt, ein kleines Beispiel von dem zu geben, was er bei mir so gelernt hat, das ist der Herr Selbiger-Wutz ...«, und damit weist er auf einen Teilnehmer in der ersten Reihe, »... er ist bestimmt schon ganz aufgeregt, und wir sind auch schon sehr gespannt, was jetzt kommt, deshalb würde ich jetzt sagen, Bühne frei für Herrn Selbiger-Wutz!« Damit setzt sich Herr Wilmsheimer an den Tisch neben das Rednerpult und erwartet bei spärlichem Applaus den Auftritt.

Die instruktive Form des Zirkulars

Etwas unbeholfen erhebt sich ein schmächtiges Männchen und betritt sichtlich nervös das Podium. Kalte Schweißperlen rinnen über sein blasses Gesicht, als er, vermutlich um sich selbst zu beruhigen, mit ein paar persönlichen Worten beginnt: »Ja, ich habe da so ein bisschen was zusammengeschrieben, ist nichts Besonderes ...«, der Seminarleiter treibt ihn mit einer Geste an, »... ach, ich soll anfangen, ja, äh,...!« Er versucht sich zu sammeln, blickt gequält lächelnd über sein Publikum hinweg und legt im Stakkato völlig betonungsfrei los: »Aus dem Kapitel der

Nötik promulgiere ich die Thelematologie der Stipendiaten als Fruktifikation eines Korsos. Das Supositum einer Promiskuität des Summus Episcopus konvulgiert wie eine Xanthippe mit dem suprationalen Delinganten. Also ein solches Decuvert des Volonturismus ist eine Nuvelierung des Korringeses vergleichbar mit einer instruktiven Stönekie in der Form eines Zirkulars.«

Für einen Moment pausiert er, blickt kurz auf die ratlosen Kursteilnehmer, überspringt erkennbar so manche Zeile und kommt zum Schluss: »... das alles bleibt natürlich konvertibel oder mit anderen Worten, was soll's!«

Stille! Langsam verlässt er das Podium und setzt sich. Der Seminarleiter löst langsam die Hände vom verzweifelt verknautschten Gesicht: »Herr Selbiger-Wutz, ich bat Sie um ein kleines Redebeispiel, das in etwa das beinhalten sollte, was ich versucht habe, in sechs Doppelstunden zu vermitteln!«

Verbittert sieht er auf seinen vermeintlichen Musterschüler: »Herr Selbiger-Wutz, das war keine Rede, das war ein Dreck. Hätten Sie sich wenigstens die drei Grundregeln gemerkt: Ausdruckskraft, Darstellungsvermögen und zwischen den einzelnen Pausen und Sätzen ... und Pausen ... und Sätzen die richtigen Pausen setzen.

Wenn ich das Metier beherrsche, kann ich, wenn ich will, blind ins Bücherregal greifen, ein x-beliebiges Buch herausnehmen und eine Rede schmettern, dass die Parlamentarier unter die Tische rutschen.

Ich werde Ihnen heute Abend das ein letztes Mal beweisen!«

Und damit greift er tatsächlich mit geschlossenen Augen irgendwo in das dekorative Bücherregal des Seminarraums, entnimmt ein Buch, stellt sich hinter das Rednerpult und sieht erst jetzt auf seinen Zufallstreffer: »Aha, ein Kochbuch.«

»Na gut. Wenn's so sein soll, dann soll's wohl so sein!«, meint er selbstbewusst, schlägt das Buch irgendwo in der Mitte auf und improvisiert drauflos: »Meine sehr gefüllten Datteln und Heringe, wir sind von unserem Streuselkuchen ja allerhand geschnetzelt! Aber was sich die Herren Hühnerbrühe dort jetzt wieder dünsten, geht doch sicherlich über die Maß hinaus, die auch dem fresssüchtigsten Burger zugebrutzelt werden kann.

Wir leben in einem masurischen Mohnstritzel, in einem ausgekochten masurischen Mohnstritzel, in unserem türkischen Hammeltopf wurde schon im eigenen Saft geschmort, als man anderenorts noch Nudeln abschreckte ...« Wild umherfuchtelnd legte er uns seine Überzeugungen dar, es schien der alte Geist des Plenarsaals wieder zu erwachen, wir wussten zwar nicht, von was er sprach, aber wir waren überzeugt, er hatte Recht: »Denn wüssten die Herren Schweineleber um das Tranchieren der geschmorten Hasenkeule, dann würden sie sich auch dessen erdünsten, dass sie zuvor, meine Damen und Herren von der Opposition, zuvor die dalmatinischen Speckröllchen zu frittieren haben.

Eine geräucherte Pökelzunge, wissen Sie, was das bedeutet? Das bedeutet Saltimbocca alla Romana mit gekochtem Schellfisch, das bedeutet Rehschlegel, Rhabarbergrütze und Hammelnieren, wenn wir Pech haben, kommen auch noch Schillerlocken dazu, und da können wir darauf warten, dass uns die Pfifferlinge verrühren!«

Ein kalter Schauer lief über meinen Rücken.

»Nein, liebe Zuhörer, hier muss der Sardellenwillkür ein energisches Brutzeln zugebrüht werden, und wenn wir uns zusammensieden und alle gemeinsam an einem Topf kochen, wird der verdorbene Brei schon die Hammel passieren. Herzlichen Dampf!«

Ja, das war es. Tobender Applaus donnerte durch den Saal nach dieser flammenden Rede, die uns vermutlich alle in welche Partei auch immer hätte eintreten lassen. Gestärkt und mutig, immer noch in Gedanken an Sardellenwillkür und dalmatinische Speckröllchen, konnte ich nun meine Heimreise antreten!

Damals war ich noch verheiratet und ich erinnerte mich auf dem Weg zum Bahnhof an die Worte meiner Frau: »Bring mir doch aus Bonn etwas Schönes mit. Vielleicht ein nettes Parfüm?« Also bin ich in der Fußgängerzone Bonn in ein großes Kaufhaus rein und stand dann in dieser riesigen Kosmetikabteilung, mit meinem ganzen Gepäck.

Ich habe ja immer so viel Gepäck, auch weil ich nie weiß, was ich brauchen könnte. Meist brauche ich fast gar nichts, aber eben dieses Fast könnte alles sein. Ich stand also mit meinen Taschen, Koffern, Tüten und Rucksack zwischen diesen einnebelnden Duftregalen und war überzeugt, so wie ich daherkomme, nicht als klassischer Parfümkunde eingeschätzt zu werden. Eher wie ein Verrückter oder ein gestörter Mörder, der nach 15 Jahren Haft seinen ersten Tag in Freiheit dazu nutzt, sich an allen zu rächen, allen einen Denkzettel zu verpassen, die Schuld sind an seinem verpatzten Leben, und das mit einer gewissen öffentlichen Aufmerksamkeit. Was wäre zu diesem Zweck besser geeignet, als die Parfüm- und Kosmetikabteilung eines großen Kaufhauses zu zertrümmern. Das denken doch jetzt alle, die mich sehen, dachte ich mir, und hinter mir stehen mit Sicherheit genau vier Kosmetikberaterinnen und losen mit Streichhölzern aus, wer von ihnen sich opfern muss, mich zu bedienen, um das Schlimmste zu verhindern. Und mitten in diesen Gedanken versunken ertönte es hinter mir mit leicht bönnschem Akzent: »Kann isch Ihnen wat helfen?«

Explosionen bis zur Schulter

Ruckartig riss es mich herum, und vor mir stand eine ungefähr dreißigjährige, sehr große, aber bedenklich dürre Kosmetikfachverkäuferin. Ihr gelangweilter, routinierter Blick hatte so etwas, als wollte sie mir gleich sagen: »Für fünfzig jibts die Standardnummer, die Stunde für hundertfünfzig und ohne Gummi is nich!«

»Tja, äh…«, stammelte ich, »… ich bräuchte ein Parfüm für meine Frau!«

»Dachten Sie an irgendwas Bestimmtes?«

»Eigentlich nicht, sie hat gesagt, bring mir doch einmal ein nettes Parfüm mit, eines, das zu mir passt!«

»Nun, isch kenn ja Ihre Frau jetzt nisch wirklisch, Sie

müssten mir schon e bisschen mehr erzählen. Ist sie denn mehr so ein blumiger, verspielter Typ?«

Meine Verunsicherung steigerte sich: »Ja, äh, nein, eher weniger, also blumig überhaupt nicht, und verspielt ...«, ich überlegte kurz, »... da kommt es halt drauf an, was man ihr für ein Spielzeug gibt!«

»Also nichts Blumiges. Ist sie, sagen wir mal, ein eher burschikoser Typ?«

»Ja, jetzt, äh, äußerlich überhaupt nicht!«

»Mag sie es vielleicht mehr herrschaftlich, seriös, getragen?«

Ich grübelte in mich hinein und grummelte, jetzt noch mehr verunsichert, vor mich hin: »Da weiß ich jetzt gar nicht, wie so etwas riecht, was Getragenes!«

Beide standen wir für einen Moment ratlos da, die Verkäuferin blickte schon etwas ungeduldig nach hinten, gab mir damit zu verstehen, es gibt noch mehr zu tun, als einem wie mir ein Parfüm zu verkaufen. Ich wagte einen Vorstoß: »Wissen Sie, sie ist mehr so dreckig!«

Ausdruckslose Verständnislosigkeit strahlte mir entgegen: »Bitte?«

»Meine Frau mag es gern schmutzig ...«, ergriff ich die Flucht nach vorne, »... sie ist mehr so ein Straßentyp. Gar nichts mit Natur, das ist überhaupt nicht das ihre. Eher Asphalt, wie man so sagt, Schotter, das wäre es. Haben Sie was mit Schotter?«

Meine Beraterin sah mich lange an: »Schotter! Da weiß isch jetzt gar nisch, was isch Ihnen da ... schauen Sie ...«, meinte sie, drehte sich um und griff nach einem Probeflakon: »... da hab isch jetzt mal das Schanell Nummer fünf, da können Se eischentlisch nichts falsch machen, wenn isch mal kurz …«

Und dabei deutete sie mir an, meinen Arm freizumachen, was ich auch gleich befolgte. Mit einem kleinen Pfft bekam ich die Duftkostprobe auf mein Handgelenk gesprüht. Sie wies mich noch an, erst ein bisschen zu wedeln, damit sich der wahre Duftcharakter entfalten könne, also wedelte ich. Dann roch ich an meinem Handgelenk. »Aha«, murmelte ich, während sie sich mit einer weiteren Flasche bewaffnete: »Oder hier, CK One mit einer etwas juchentlischen Komponente.« Pfft!

Ich wedelte wieder und roch.

Schon hatte sie das Dritte: »Oder hier, einfach mal zum Vergleisch, Pacific Paradise, das is so zwische Kokosnuss-Sorbet und Zuckerwatte.« Pfft.

Ich roch, und sie fuhr mit einem belehrenden Blick fort: »Jetzt noch mal, weschen dem verspielt und weil Sie meinten Schotter, mansche möjen ja auch einen Kontrast zur Persönlischkeit!«

Damit griff sie in eine weitere Duftcharakterabteilung: »Wenn Sie das vielleischt emal testen möschten, dat nennt sisch Greenhopper Sleevegrass«, pffft, »hat so bisschen wat von Rosen, Vanille und Veilschen, oder dat hier, mehr so mit Holz und Zeder.« Pffft.

Ich musste beide Ärmel immer höher krempeln, um noch freie Plätze für die Duftkostproben auf meinen Armen anbieten zu können.

Und so hat diese Fachverkäuferin meine Arme links und rechts einparfümiert, bis hoch zu den Schultern. Dann war beim besten Willen kein Platz mehr frei. Ihr

Angebot, an den Waden weiterzumachen, schlug ich ab, da mir ohnehin schon schwindelig war. Ich wollte mich zum Riechen nicht auch noch bücken müssen.

Da ich längst nicht mehr in der Lage war, in dieser Geruchsexplosion irgendetwas zu unterscheiden, fuhr ich mit Charakterbeschreibungen fort. Dieses Mal ging's um Partnerschaft: »Wissen Sie, wir haben auch Meinungsverschiedenheiten! Kann man das vielleicht mit einfließen lassen?«

»Wie?«

»Meinungsverschiedenheiten! Streit!«

Die Verkäuferin schwieg. Ich versuchte ihr sanft zu erklären, was ich darunter verstehe: »Streit. Der entsteht folgendermaßen: Falsche Erwartungshaltung zum falschen Zeitpunkt, und da mischt sich noch ein Missverständnis dazwischen!«

Die Parfümspezialistin sah mich an, als hätte ich sie gefragt, ob sie mit mir schlafen will. Ich redete mich weiter ins Verderben: »Meine Frau fordert oft Dinge von mir, die ich nicht erfüllen kann. Erst neulich komme ich nach Hause, da sehe ich sie mit Handschellen ans Bett gekettet. Verstehen Sie, ich steh mit Hut, Arbeitstasche und Mantel vor ihr und sie sagt: ›Schlag mich doch, schlag mich doch!‹ Ich bin doch dann auch müde, außerdem kann ich das gar nicht, ich habe ja so etwas noch nie gemacht!«

Nach dieser Situationsbeschreibung drehte sich die Verkäuferin um und ging ab mit dem Satz: »Isch hole mal eben den Jeschäftsführer!«

Als ob der besser wüsste, was meine Frau gerne riecht,

dachte ich mir, nahm meine Taschen und verließ mit einer bombastischen Geruchswolke um mich herum den Laden. Verfolgt von mehreren hübschen Jungs eilte ich zum Bahnhof und fuhr heim.

In meiner Verzweiflung brachte ich meiner Frau dann aus der Apotheke einen Franzbranntwein mit. Gefreut hat sie sich nicht, aber weil sie mich kennt, hat sie nach zwei Tagen wieder mit mir geredet. Den Franzbranntwein haben wir beide dann zur Versöhnung getrunken.

Straßenfest

Fleißig am Wenden

»Ein Schiff wird kommen, und das bringt mir den einen, hm hm hm hm hm hmhmhm…«, lässt es der Ranftl Sepp musikalisch verlauten, leise mitsummend.

Dieses Jahr hat es den Zieser Johann erwischt. Der muss das Straßenfest ausrichten. Bei ihm geht das ganz gut. Wir wohnen ja in einer Vorstadtsiedlung. Vorn der Garten, hinten das Haus, Doppelgarage, vorn der Garten, hinten das Haus. Manchmal ist auch vorn das Haus und hinten der Garten, dann wieder Doppelgarage. Und beim Zieser Johann ist diese Doppelgarage ja nach hinten versetzt, und wenn das große Garagentor auf ist, steht links der Holzkohlegrill, rechts der Elektrogrill. Und davor genug Platz für vier Biertischgarnituren und noch einen kleinen Tisch hinten in der Ecke, an dem der Ranftl Sepp spielt.

Der Zieser Johann ist jemand, der zum Beispiel seinen Garten sehr liebt. Offensichtlich mehr als der Garten ihn, denn er schaut nicht gut aus, der Garten. Etwas heruntergekommen. Obwohl der Johann immer draußen ist. Was macht er dort? Vielleicht hat es mit seiner Frau zu tun, weil wenn man an seinem Haus vorbeigeht, man schon des Öfteren solche Sätze hört wie: »Hast deine Schuhe ausgezogen? Hast deine Händ gwaschen? Um halb, hab ich gesagt, gibt es Essen, jetzt ist es Viertel vor!« Na ja, und das über die Jahre, da bleibt einem Vielleicht nichts anderes als der Garten.

Seine Frau, die Angelika Zieser, war komplett dagegen, dass sie das Straßenfest ausrichten müssen. Wegen dem Dreck. Weil jeder, der aufs Klo wollte, ins Haus musste. Ihr Traummann war schon immer der Meister Proper. Groß, stark und sauber. Und das sind so Eigenschaften, von denen der Zieser Johann gar nix hat. Mit der Frisur vielleicht, da kommt er langsam hin.

»Mog jetzt jemand vielleicht no a Würschtl?«, tönt es von ihm, der hinter dem Grill fleißig am Wenden ist. Das gefällt ihm, da ist er aufgeräumt. Er hat viel zu viel aufgelegt, die meisten sind eh satt.

Schon am Anfang, als ich gekommen war, brutzelten auf dem Grill 16 Würschtel und acht Koteletts, obwohl außer dem Ranftl Sepp noch keiner dasaß. »Ach ja«, sagte der Johann, »woaßt ja, wia die Leute sind, wenn s' kommen, wolln s' essen!«

»Aber die sind ja schon fast schwarz, Johann, die musst du runtertun, sonst kannstas wegschmeißen!«

»Ich hab genug eingekauft!«

So ist er, der Johann. Hauptsache grillen.

Ein Flug nach Ayurveda

»Aaaaahh«, mischt sich da Dr. Manfred Portzner ein, »unser Johann, wie immer fleißig am Fleisch wenden!« Portzner, ein rüstiger Diplomingenieur, um die sechzig, laut, überzeugend und allwissend, baute früher Brücken, die, so munkelt man, immer eingekracht seien. Deshalb baut er jetzt Brunnen. Jeder Zweite bei uns in der Straße hat einen Brunnen von Dr. Manfred Portzner. Anfänglich hat er es mit alten Brückenteilen aus vorangegangenen Projekten versucht, quasi Unikate, Kunstwerke, von denen so manches Teil den einen oder anderen Vorgarten unserer Siedlung ziert. Er nannte sie Raumobjekte, die die Unfertigkeit unserer Seele symbolisieren. Verrostete Stahlteile, die den Eindruck einer ewigen Baustelle erwecken. Jetzt baut er ganz einfache Brunnen.

Und dieser Dr. Manfred Portzner ist auch der Grund, warum ich jetzt mitten in diesem Straßenfest sitze und nicht mehr in meinem »Café Klughardt«. Ich war gerade mitten in meinen Auszeitgedanken und rätselte über einen zu diesem Thema notierten Begriff, nämlich »Putzlappen«. Was könnte ich damit gemeint haben? Das ist nämlich ein kleines Manko in meiner Art zu denken. Oft habe ich die eine oder andere interessante Gedankenkette, schreibe aber nur ein Wort hin und denke mir: »Da weiß ich dann schon noch, was ich gemeint habe!«

Ich weiß natürlich überhaupt nichts mehr. Putzlappen, was war denn das gleich wieder, dachte ich, putzen, schrubben, wischen, Wischlappen, Vileda … Ayurveda, das war's, genau, weil ein Freund mir den Tipp gab: »Wenn du am Boden kriechst und ausgebrannt bist, mach das mit dem Ayurveda, das haut dich wieder nach vorne.« Und da erinnerte ich mich auch wieder an meinen peinlichen Auftritt im Reisebüro, als ich sagte: »Ich hätte gerne einen Flug nach Ayurveda«, und der ruppige Reiseberater meinte: »Da brauchst du nicht wegzufliegen, das kannst du in München auch machen!«

Was ich dann auch ausprobiert habe, nicht, weil es mir gerade schlecht ging, aber, so dachte ich, für den Fall des Falles wüsste ich dann, was auf mich zukommen würde. Leider musste ich feststellen, dass Ayurveda nicht unbedingt für jeden gedacht ist. Vermutlich muss man vorher noch einen Vorbereitungskurs absolvieren, ich weiß es nicht.

Ich suchte also einen dieser Läden auf, am Nachmittag, ein junger Asiate empfing mich, sehr freundlich, etwas zu freundlich für einen wie mich, der zu viele Filme gesehen hat mit freundlichen Asiaten, die lächeln und im nächsten Moment von hinten eine Drahtschlinge um deinen Hals ziehen. Lieber ruppig wie der im Reisebüro, da weiß man, was man hat. Aber egal. Ich möge mich auf die Liege legen, sagte mir Bharat, wie er sich vorstellte, und ich dachte mir noch beim Ausziehen, mir liegt das nicht mit der Liege am Nachmittag, in einem fremden Raum, etwas improvisiert, war vielleicht bis vor Kurzem eine Metzgerei, und ich fast nackt auf dieser Liege. Bharat grinste mich meistbietend an und meinte, ich möge mich entspannen.

Aber für mich gibt es nichts Anstrengenderes, als sich spontan zu entspannen, auf Befehl quasi. Ich lag da völlig verkrampft auf dem Rücken, mit zugekniffenen Augen und hypnotisierte mich mit innerer Stimme, fast hektisch: »Entspannen, entspannen, entspannen!«, und Bharat mit seinem »Nun-ist-es-gleich-aus-mit-dir-Grinsen« stand über mir. Als ich die Augen öffnete, erschraken wir beide. Erst ich, dann er. Ich schloss sie wieder, um die Gesamtsituation zu beruhigen. Ich konnte aber während seiner Behandlung mein Gehirn nicht abschalten. Ich dachte, das macht er ja nicht für mich, das macht er, weil er mindestens acht Geschwister in der Heimat hat, denen er Geld schicken muss, seine Mutter liegt vermutlich krank im Bett und kann sich keinen Arzt leisten, deshalb gießt er mir Ayurvedaöl über die Stirn, und vermutlich, steigerte ich mich in meine Gedankenwelt, vermutlich ist auch noch seine Oma gestorben, und Bharat hat kein Geld für die Heimreise, um auf die Beerdigung gehen zu können. Dieser schreckliche Gedanke veranlasste mich dazu aufzustehen. Ich gab Bharat viel Geld und sagte: »Flieg du zu deiner Oma, ich geh wieder!«

Seltsamerweise fühlte ich mich danach trotz des Abbruchs einigermaßen erholt. So viel zum Thema Putzlappen, grübelte ich über meinem Termintagebuch an meinem Stammplatz im »Café Klughardt«, blickte auf meine leere Tasse und überlegte, ob ich noch einen fünften Cappuccino bestellen sollte, oder ob es schon Zeit sei, zu einem raffinierten Nachmittagscocktail zu wechseln.

Tatjana serviert schwungvoll an einem Vierertisch Latte macchiato und Honigmelonen mit Schinken. Na bravo! Das passt ja. Unterhält sich auch noch angeregt mit denen. Was haben die mit ihr zu reden. Das ist doch Laufkundschaft. Ich bin der Stammgast. Da kommt es mir: Heute wäre doch so ein Tag. Ich habe keinen Termin, gar nichts, heute könnte ich das Fräulein Tatjana auf ein Glas Wein einladen. Und schon fällt mir auch ein wo: bei Herbert in seiner Weinhandlung.

Man steht ungezwungen herum, ohne Bohei und Pipapo, Herbert ist später durch die vielen Weinproben meist gut gelaunt, und es gibt ein angenehmes Neonlicht. Das wäre es doch. Und wie sage ich es ihr? Vielleicht, dass gerade heute der neue Beaujolais Primeur eingetroffen ist, eine einmalige Gelegenheit. Ein Wein so frisch und jung wie Sie, Fräulein Tatjana, stolz, weich mit einer vollmundigen Tiefe, dessen Rundungen sich erst im Abgang offenbaren.

Nein, ich muss es anders angehen. Das klingt irgendwie … nach … Ich weiß nicht. Ich würde nicht mit mir mitgehen. Na gut, ich schon, aber sie nicht. Ich muss es anders angehen. Direkter, normaler, natürlicher. Beim Zahlen. Ich zahl einfach, schreib ihr Herberts Adresse auf und sag im Gehen: »Sind S' auch dabei, oder? Große Weinverkostung beim Herbert. Toller Laden. Um acht geht's los. Würde mich freuen.« Dann geb ich ihr die Hand: »Ach ja, ich bin der Hubert, also dann bis später, freu mich!« Und ab.

Das wäre spannend. Ob sie kommt? Unglaublich spannend. Aber jetzt ist es erst halb drei. Und wenn ich jetzt zahle und rübergehe zum Herbert, dann habe ich bis um acht Uhr so einen Fetzen Rausch, und sie kommt vielleicht wirklich. Und überhaupt, was heißt große Weinverkostung, und nur wir zwei stehen in dieser Rumpelkammer. »Toller Laden!« Gerade hab ich noch gedacht, »Ich rede so einen Schmarrn!«, da fällt mir ein, dass ich ja noch gar nichts gesagt habe, sondern nur gedacht.

Ein spezieller Blick auf Fräulein Tatjana

Erleichtert will ich mir ein Weißbier bestellen, da geht die Tür auf, und herein kommen der Dr. Manfred Portzner und hinter ihm, sichtbar missgelaunt schlurfend, mein Freund Herbert. Der Portzner, laut wie immer, ruft quer durchs Café: »Aaaah, das habe ich mir ja gedacht, dass ich Sie hier antreffe, das trifft sich ja sehr gut.« Er wendet sich kurz um: »Nicht wahr, Herbert?« Herbert, der ein gutes Stück kleiner ist als Portzner, lässt seinen Kopf gesenkt, zieht nur Augen und Brauen für einen kurzen Moment missbilligend zu Portzner hoch. Seine Hände bleiben in den Hosentaschen, während sie weiter durchs Café auf mich zugehen. Endlich neben mir, setzt Dr. Manfred Portzner seinen Monolog fort: »Da können wir Sie ja gleich mitnehmen zu unserem Straßenfest, so wie ich den Johann kenne, baut der schon den Grill auf!«

»Was, jetzt, heute?«, sage ich noch und blättere panisch in meinem Termintagebuch. Kein Eintrag. Hab ich das versemmelt? Da hätte ich mir doch eine Ausrede einfallen lassen müssen. Zu spät. Was machst du jetzt? Ich will auch nicht, dass die zwei hier mit mir Kaffee trinken. Der laute Portzner und der schlecht gelaunte Herbert. Da blamiere ich mich doch bloß bei meinem Fräulein Tatjana. Ich gehe erst mal zu Herbert, der immer noch mit gesenktem Kopf mitten im Café steht: »Herbert, was ist denn, was hast denn schon wieder?«

»Ah, grummel, grummel, weißt, was ich grad verkauft hab? Acht Karton Wein hab ich grad verkauft!«

»Acht Karton Wein? Ja, Herbert, das ist doch gut!«

»Gut? Gut, sagst du? Das kommt drauf an, an wen du so was verkaufst. Verstehst du?«

Herbert redet sich in Rage: »An eine Finanzberatungsfirma hab ich den Wein verkauft. Verstehst du. Das sind Werbegeschenke. Jetzt bin ich bei denen mit drin. Das war ein guter Wein. Jetzt machen die wegen mir noch mehr Umsatz. Ich bin so ein Arschloch. Aber das sag ich dir …«, und dabei fuchtelt er gefährlich gestikulierend mit seinen Armen herum: »… das sag ich dir, einen von denen, wenn ich auf der Straße einmal erwisch, und Gesichter, du kennst mich, Gesichter kann ich mir merken, einen wenn ich erwisch, dann hau ich ihm eine solche bayrische Qualitätswatschen …!«

Nun holt er so furchterregend aus, dass ich ihn nicht mehr nur sprachlich, sondern auch körperlich ausbremsen muss: »Herbert, Herbert, horch einmal, du bist hier nicht auf der Straße, sondern in einem Café, keiner von deinen Finanzberatern sitzt hier drin, und neben dir steht eine Glaskuchenvitrine, also pass ein bisserl auf!«

Während ich den Herbert beruhige, sehe ich, wie Dr. Manfred Portzner, immer noch stehend, mit so einem ganz speziellen Blick zu meinem Fräulein Tatjana rüberschaut.

Ein Blick, den er vielleicht vor dreißig Jahren konnte,

mit dem er sich jetzt aber eigentlich nur selbst parodiert. Ein Blick, mit dem er damals vielleicht sogar Erfolg hatte, die Brauen schräg nach oben, ein angedeutetes Lächeln, der rechte Mundwinkel etwas höher, so zwischen Clark Gable und Sean Connery, meint er. Mut hat er ja, denke ich noch. Der traut sich wenigstens.

Ich habe ihn schon einmal an einer Straßenkreuzung erwischt, mit selbigem Blick stand er an der Ampel und sprach zu einer jungen Frau neben sich:

»Müsst euer Glück nicht auf die Jüngsten setzen,
die Angejahrten wissen euch zu schätzen!«

Ampel und Frau wechselten auf Grün, und sie ging sichtlich verdattert weiter.

So weit will ich es in meinem Café mit meiner Bedienung auf keinen Fall kommen lassen. Also bezahle ich, und wir marschieren los.

Während Portzner laut vor sich hinschwadroniert, über das herrliche Wetter und über billige, zweckorientierte, einfallslose Bauklötze, womit er die Häuser, die an uns vorbeiziehen, meint, während Herbert dauernd etwas vor sich hingrummelt wie: »Verkauf ich den Geldsäcken meinen Brunello, ich Depp!«, schießt mir wieder mein entsetzlicher Mangel an Überredungskunst durch meine Gedankenwelt. Welche Katastrophe wäre es gewesen, hätte ich zu ihr gesagt: »So frisch und jung wie Sie, Fräulein Tatjana, deren Rundungen sich erst im Abgang offenbaren!«

Grausam.

Asche im Hirschkopf

Wie gern hätte ich in diesem Jahr ein Privatleben gehabt. Aber ich hatte keins.

Nachdem mich Isabella rausgeworfen hatte, hütete und bewohnte ich das Haus eines Bekannten, der sich für ein Jahr eine Auszeit in Bolivien gönnt. Trekkingurlaub mit anschließender Rundreise durch Südamerika. Vielleicht, meinte er, will er später einmal ganz auswandern. Wie so viele. Auswandern, das Glück suchen in weiter Ferne. Viele kommen ja doch wieder zurück. Einen kenne ich, der ist schon vier- oder fünfmal ausgewandert, der wohnt immer noch in München, zwischen Pasing und Obermenzing. Aber das ganze Trallala vorher, planen, packen, drüber reden und immer derselbe Satz: »Du weißt schon, dass wir bald auswandern?« Ich spiele dann schon mit, schlage meine Hände in mein erschrockenes Gesicht und brülle: »Neeein! Tut das nicht, wie sollen wir ohne euch leben?«

Das gehört sich so. Wenn die dann nach einem Jahr wiederkommen, wundern sie sich am Flughafen: »Wo ist der rote Teppich, die Blasmusik, der Empfang, wo sind unsere Freunde?« Ich weiß schon, was sich die vorgestellt haben. Dass alle Freunde und Bekannten ein Jahr am Flughafen eng zusammen auf einer ganz schmalen Bank gekauert sitzen und warten. Und alle halbe Stunde sagt jemand mit bibbernder Stimme: »Meinst du nicht, dass sie wiederkommen?«, und ein anderer antwortet beruhigend: »Bestimmt!« Aber so ist das Leben eben nicht. Vor sich selbst flüchten kann man auch, ohne zu verreisen. Vielleicht sogar besser.

Einer, der es, wäre er nicht gestorben, vermutlich geschafft hätte, ist der Kümmler Ferdinand. Frisch in Rente, wollte er nach Australien auswandern. Bei dem hätte es sicher funktioniert. In Australien wollte er ein kleines Geschäft eröffnen, um dort Kuckucksuhren zu verkaufen. Von denen hatte er eine ganze Menge, da er die ein Leben lang gesammelt hat. Obwohl er nie wusste, warum, aber irgendwie bildete er sich ein, alle sammeln irgendwas, da muss ich auch etwas sammeln. Und so entschied er sich für Kuckucksuhren. Damit hätte er in Australien eine Beschäftigung, seine Rente würde auch aufgebessert, und nicht jeder Australier müsste wegen einer Kuckucksuhr in den Schwarzwald fliegen. Ein guter Plan war das, dachte ich mir.

Jetzt hatte der Ferdinand leider das Pech, dass den gesundheitlichen Rundumcheck nur die ärztliche Vertretung vornahm, da sich sein Arzt eine Auszeit im Himalaja gönnte. Übrigens derselbe, dessen Haus ich jetzt hütete und bewohnte. Und diese ärztliche Vertretung stellte in der Eile die Frequenz des Herzschrittmachers vom Kümmler Ferdinand falsch ein, so dass diese nicht mehr harmonierte mit den Bordcomputern der Boeing 747. Jetzt hat es also dem Kümmler Ferdinand auf dem Flug nach Australien die Hufe hochgehauen. Und die australischen Behörden sagten in Sydney: »So steigt uns der nicht aus!« Womit sie Recht hatten. Das konnte er auch nicht mehr. In einem schlichten Kunststoffsarg wurde er also zurückgeschickt, die Verwandtschaft hat ihn verbrannt, weil, das wussten alle, er sich das so gewünscht hatte. Aber ein Testament konnten sie nicht finden. Und die Asche in eine einfache Urne geben und beerdigen, das wollten sie nicht. Etwas Besonderes sollte es schon sein. Es waren ja auch besondere Leute. So empfanden sie sich zumindest, wie so viele in München, die am südwestlichen Rand, dem so genannten Speckgürtel leben. Doppeltiefgarage und Opernabonnement, solche Leute halt.

Nach langen Beratungen mit verschiedenen Bestattungsinstituten entschieden sie sich schließlich für einen fünfzig Zentimeter großen Marmorhirschkopf. In dessen Nacken wurde ein großes Loch gebohrt, in das eine Sonderanfertigung einer Patronenhülse kam, in die die Asche vom Kümmler Ferdinand gefüllt werden sollte.

Das ging im Familienclan nicht ohne Widerspruch durch, denn als der Hirschkopf noch ohne Ferdinand zur Besichtigung in der Mitte das Salons stand, erlaubte sich der Neffe Hans zu erwähnen: »Was soll denn der depperte Hirschkopf?« Er erntete entrüstete Blicke für seine unqualifizierte Bemerkung. Tante Else stemmte ihre Handrücken in ihre nicht vorhandenen Hüften und bemühte sich um ausgleichende Worte: »Wieso, das passt doch zum Ferdinand, der war doch Jäger!« Zustimmendes Gemurmel war zu vernehmen, doch der Querulant Hans erhob wieder seine Stimme: »Der war kein Jäger, der war Sammler!«

Darauf schlug sich Tante Elses Gatte erinnernd an die Stirn. »Richtig, ein Sammler war er!«

»Ja, natürlich …«, meinte Hans, »… der hat doch Kuckucksuhren gesammelt!«

»Kuckucksuhren ...«, meinte Tante Else wieder ausgleichend, »... dann tun wir ihn halt da rein!«

Zum Glück fand man im Gepäck vom Kümmler Ferdinand dann doch noch einen letzten Willen. Ferdinands Wunsch war es, seine Asche aus dem Flugzeug heraus über Australien zu verstreuen, und zwar genau über diesem berühmten Felsen Uluru, auch Ayers Rock genannt. Nun flog also eine kleine Delegation der Verwandtschaft nach Australien. Als sich das Flugzeug über diesem Felsen befand, hatte der Flugbestatter gewisse Schwierigkeiten, die Bodenklappe des Flugzeugs zu öffnen. Er kannte augenscheinlich das Verschlusssystem nicht, ruckelte und rappelte panisch an der Klappe herum, riss sie dann doch mit einem Schlag auf, und durch den plötzlichen Aufwind streute ein guter Teil vom Kümmler Ferdinand zurück ins Flugzeug. Wie jeder weiß, kriegt man das Zeug nicht mehr raus, das hängt in allen Ritzen. Und so, glaube ich sagen zu können, ist der Kümmler Ferdinand seit knapp zwei Jahren interkontinental unterwegs. War sicher nicht seine Absicht, aber reisen wollte er schon immer!

Aber, wie gesagt, so bewohne ich nun schon seit einiger Zeit das Haus des einstigen Hausarztes vom Kümmler Ferdinand. Als ordentlicher Mensch sauge ich sehr gerne. Wenn ich schon mal da bin, wird gesaugt. Der Staubsauger ist sehr laut, und wenn ich sauge, höre ich kein Telefon, keine Klingel, nichts. Eine Art Auszeit. Nix Bolivien, saugen! Wobei ich gelesen habe, man solle nicht zu viel saugen, es könnte abhängig machen. Demnächst gibt es Saug-Informations-Suchtzentren. Wer weiß, wie viele anonyme Sauger da draußen rumlaufen.

Das Saugen wird in meinem Wohnzimmer immer schwieriger. Wegen meiner fünf Säulen. Die stehen in der Mitte. Zwei mit Zeitschriften, drei mit Zeitungen. Ich habe sie im Halbkreis angeordnet, nach griechischer Art, dann sieht es so nach Kunst aus und nicht nach Abfall. Ich weiß, ich muss die wegschmeißen, aber so einfach geht das nicht. In denen stehen überall wichtige Artikel drin. Und gerade bei den Zeitschriften gilt es, verantwortungsvoll zu handeln. Man kann nicht einfach einen Stoß, so wie er ist, in die Papiertonne schmeißen. Es gibt zu viele neugierige Spaziergänger, die heben den Deckel der Tonne auf und rufen staunend: »Ohhh, Zeitschriften!«, nehmen eine heraus, blättern sie durch, und wie es der Zufall will, erwischen sie eine doppelseitige Hochglanzwerbung für einen Jeep. Das Gefährt steht im Abendrot mitten im Himalaja, an einer Stelle, an der nicht einmal ein Hubschrauber landen könnte, und wenn der neugierige Spaziergänger dann liest: »Monatliche Ratenzahlung 98 Euro«, murmelt er begeistert vor sich hin: »Dann habe ich den ja abbezahlt, wenn ich 98 bin!« Kauft den Jeep, stürzt sich in die Schuldenfalle, und das alles nur, weil ich achtlos Zeitschriften wegwarf.

Nein, man sollte aus jeder Zeitschrift, bevor man sie wegwirft, gewissenhaft die gesamte Werbung entfernen und gesondert entsorgen. Bleiben wahrscheinlich sowieso nur vier Blätter übrig, aber egal.

Tatsache ist, dass das Saugen dadurch immer schwieriger wird und ich mich deshalb derzeit wieder dem Keller widme. Den Keller aufräumen. Ich weiß nicht, seit wie vielen Jahren ich schon Keller aufräume. Keller aufräumen ist wie Rasen mähen, das Zeug wächst von unten nach. So kommt es mir jedenfalls vor. Wenn es wenigstens eine stupide Arbeit wäre. Man nimmt etwas, trägt es rauf, wirft es weg und fertig. Oben an der Kellertreppe denke ich es mir noch, so, Keller, jetzt geh her! Aber kaum bin ich unten, habe ich schon wieder irgendetwas prüfend in der Hand, alte Skistiefel, einen Holzelefanten oder einen Zinnteller aus Marokko, betrachte alles lange und sagen dann: »Nein, kannst du nicht wegwerfen!« Und ich weiß, dass ich dieses Teil nur jetzt in der Hand halte, vorher nicht, nachher nicht, nie wieder. Und dann bröseln sie dahin, meine guten Vorsätze, planlos gehe ich die noch begehbare Fläche des Kellers ab, und nach Tagen des Blätterns, Abwägens und Nichtentscheidens kommt dann vielleicht ein Müllsack zusammen. Den muss ich aber gleich verschließen, nicht mehr reinschauen, sonst geht das Ganze wieder von vorne los.

Damit dieser Müllsack in die stets übervolle Tonne passt, steige ich jeden Dienstagmorgen vor der Leerung hinein und hüpfe und trample so lange darin herum, bis wieder etwas Platz ist. Das ist dummerweise genau der Moment, in dem mein Nachbar aus der Türe kommt, weil er ins Büro muss. Ich beende dann abrupt mein Hüpfen, was zur Folge hat, dass der Nachbar mich jeden Dienstagmorgen stehend in der Tonne sieht. Sonst nie. Der kennt mich nur vom Kopf bis zu den Knien.

Wenn der mich weiterhin so ironisch grinsend ansieht, werde ich mir für den noch etwas einfallen lassen müssen.

Schwachstromelektroden im Bauchbereich

Aber erst einmal hatte ich ja noch das Problem mit Elmar. Wenn ich für jemanden, den man seit zwölf Jahren nicht mehr gesehen hat, ein Ersatzteil besorgen muss, das ich noch nie gesehen habe, für eine Maschine, die ich hoffentlich nie sehen werde, in einer Stadt, die ich so nie sehen wollte, dann ist das für mich kein Privatleben mehr. Elmar. Hat er damals schon geheißen, heißt er immer noch. Wir waren dereinst in einer Wohngemeinschaft. Zu dritt. Elmar, ich und eine Frau. Also die zwei ein Paar und ich. Ich mag das nicht. Ich hab das dick, dieses Zusammengebappe. Beim Frühstück schon zu zweit auf einem Stuhl, da reicht's mir schon. Als gordischer Knoten, unlösbar. Ich habe immer versucht, mit den unsinnigsten Anfragen zu stören: »Brauchen wir nicht einen Feuerlöscher?«

»Habt ihr gewusst, dass der Wasserverbrauch in Amsterdam höher ist als in ganz Island?«

Damit hatten die beiden einen gemeinsamen Feind, nämlich mich, und das verbindet wieder. Also wieder ein Fehler.

Sie hat dann geerbt, die beiden haben sich ein Haus gekauft, ein Kind zugelegt, nicht zwei, denn sie wollte ihre Eigenständigkeit behalten, oder nicht verlieren, eins von beiden. Und wie das dann so geht, hat sie sich dann doch von ihm getrennt.

Und jetzt lebt der Elmar doch so gesund! Der hat früher schon gesund gelebt, aber eben so normal gesund.

War aber auch schon schlimm. In dieser Wohngemeinschaft mit diesen Geräten im Gang. Denn wenn man um fünf Uhr morgens heimkommt, nach einem kleinen Umtrunk mit Freunden, hat man nur mehr so den Tunnelblick für seine Zimmertür und schaut nicht, ob da noch irgendwo ein Laufband rumsteht oder 20-Kilo-Hanteln am Boden rumliegen. Außerdem hat man um diese Tageszeit in einem gewissen Zustand nur ein zu vernachlässigendes Schmerzempfinden. Aber am nächsten Tag! Überall diese blauen Flecken. Jedes Mal in der Früh hab ich mir gedacht, da hat's dich heut Nacht wieder gscheid gschmissen.

Also, damals schon gesund. Aber sie hat sich ja von *ihm* getrennt. Sie hat das Haus, das Kind, das Geld, der Elmar wäre also ein klassischer Fall von sozialer Verelendung. In München sowieso. Hartz IV, Isarbrücke, zack. Aber er hat sich finanziell über Wasser halten können mit der Moderation von Sportveranstaltungen, Nachmittagsbingo und natürlich Benefiz, da hat er am meisten verdient. Das Finanzielle war nicht sein Problem, aber die Psyche.

Das ist bei manchen Menschen so nach einer Trennung, da ändert sich im Kopf oft einiges. Das geht meistens seitlich bei den Schläfenlappen los, dann kommen die Stirnlappen dazu, irgendwann überlappt sich dann alles. Bei ihm war's so, er hat sich durch diese Trennung noch mehr in sich hineingesteigert, die Gesundheitswahndosis erhöht, einen Apparat hat er sich kommen lassen, aus Amerika. Wahrscheinlich von so einer Fernsehdauerwerbesendung. So einen Gesamtkörpereinsatztrainer. Er hat's mir erklärt. Ich weiß nicht genau, wie die Maschine heißt. Irgendwas mit »Spiritual-Body-Concept-Illusions«.

Auf jeden Fall hat er es mir erklärt. Er sitzt irgendwie so halbseitig quer drin. Die Arme über Kreuz. Die eine Hand nach vorne schiebend, die andere zur Seite pressend. Den linken Fuß im Pedal elliptisch mit Widerstand. Das rechte Knie zylindrisch nach außen dehnend. Den Kopf schräg mit einem Bügel mit Widerstand nach vorne beugend. Im Oberschenkel-Bauch-Bereich alles mit Schwachstromelektroden, die den Körper vibrationsartig zucken lassen.

Für den Genitalbereich war, glaube ich, nichts dabei. Oder er hat's mir vorenthalten, ich weiß es nicht.

Jetzt hat der Elmar, dieser Wahnsinnige, diese Maschine in zwei Tagen erledigt. Ich möchte nicht wissen, wie der darin rumgewerkelt hat.

Irgendein Teil hat's ihm rausgeschnalzt. Also der Maschine. Ihm sicher auch, aber das muss in der frühesten Kindheit passiert sein.

Nach zwölf Jahren ruft mich der Elmar also an, ob ich eventuell Lust hätte, mit ihm das defekte Teil zu besorgen, weil ich mich doch handwerklich so gut auskenne.

Also sage ich zu ihm: »Gut, Elmar, du kommst jetzt nach München, und wir gehen in die Stadtmitte. Da gibt's a Menge Läden, a Menge Geschäfte, da werden wir schon was finden.«

Jetzt hat mir der Elmar richtig leidgetan. Wie der schon dahergekommen ist. Der hat so einen Gang gehabt, so leicht schräg, nach vorne gebeugt. Mühsam hat er sich hergeschleppt. Der hat doch solche Schmerzen gehabt. Von dieser Maschine. Irgendwie ist es auch logisch. Wenn man zwei Tage lang Bewegungen macht, die man sein Leben lang nicht mehr braucht, da denkt sich der Körper auch irgendwann sein Teil!

Rund um den Markt

Fleischpflanzerl mit Kartoffelsalat

So standen wir dann in der Münchner Innenstadt, direkt am Viktualienmarkt, wir drei, er, dieses Teil und ich.

Ich sagte zu ihm: »Pass auf, Elmar, wir fangen da drüben an beim Sport Scheck, da gibt es eine Menge ähnlicher Geräte, ich habe einen Schraubenzieher dabei, vielleicht können wir irgendwo heimlich was wegbauen. Finden wir dort nichts, schauen wir zum Werkzeug Kustermann, da liegt auch recht seltsames Zeug rum, vielleicht noch rüber zum Kaut-Bullinger. Und, ganz wichtig«, sagte ich noch, »da müssen wir unbedingt hin, seit 100 Jahren legendär, in die Schraubenzentrale. Da kriegst du jede Schraube dieser Welt.« Und weil die Auswahl so groß ist, sagte ich noch zum Elmar: »Setzen wir uns jetzt mal hin und trinken ein Bier.«

Das habe ich für mich im Laufe von vielen Jahren an Lebenserfahrung herausgefunden: Wenn die Auswahl groß ist, sollte man sich immer zuerst hinsetzen und ein Bier trinken. Bei mir funktioniert das wunderbar, nur in diesem Fall war es ein Fehler. Dieser Viktualienmarkt hat nämlich einen Riesennachteil. Und da fängt die eigentliche Geschichte erst an.

Die Isabella, meine einstige Lebensgefährtin, wollte immer mit mir reden. Und ich jetzt nicht so. Das ist wahrscheinlich in jeder Beziehung anders. Bei uns war es halt so rum. Sie wollte über sich reden, über mich reden, über unsere Beziehung reden, aber vor allem darüber reden, warum ich nicht reden will. Wochenlang habe ich überlegt, wie ich da irgendwie drum rum komme. Viel zu verkrampft habe ich überlegt, viel zu abstrakt, wie der Maler, der zu nah vor seinem Gemälde steht. Da hat man einfach keine Übersicht mehr. Doch irgendwann schien die Lösung zum Greifen nah: Essen mit Freunden. »Isabella, ich koch heut Abend was«, sagte ich zu ihr, »und wir laden die Müllers ein.« Es hat wunderbar funktioniert. Man sitzt zu viert da. Allgemeine Gespräche, politische Großwetterlage, habt ihr *Das Parfum* gesehen, habt ihr den *Alchimisten* gelesen, was habt ihr für einen Handytarif, essen, trinken, alle müde, auf Wiedersehen, Abend gerettet.

Ich war begeistert. Der Nachteil ist, ich kann nicht jedes Mal Fleischpflanzerl mit Kartoffelsalat machen. Zweimal habe ich sie gemacht, zweimal hat es funktioniert, aber ich habe mir gedacht, wenn ich die jetzt noch mal mache, dann kommen die mir nicht mehr. Weil die so gut auch nicht waren. Jetzt kommt der nächste Nachteil, so viele befreundete Ehepaare haben wir auch nicht gehabt. Ein paar schon, aber wenn man in Gedanken seine Liste an Bekannten durchgeht, fallen immer ein paar raus.

Da war so ein engagiertes Polit-Ehepaar. Die beiden waren das ganze Jahr im Wahlkampf und haben von nichts anderem als von ihrer Parteiarbeit an der Basis gesprochen. Das höre ich mir nicht an und mache nebenbei Fleischpflanzerl mit Kartoffelsalat. Es soll ja nicht schlimmer sein als mit Isabella allein.

Beleidigt, beleidigt, beleidigt

Dann kannten wir noch ein Ehepaar, aber da waren die Isabella und ich uns einig, die hatten überhaupt keine Chance, auch nur in die Vorrunde zu kommen: Die haben sich die letzten drei Jahre total verändert, waren am Schluss nur noch gesund. Da ist mir nichts zum Reden eingefallen und zum Kochen schon gar nicht. Wenn die das, was ich koche, auch nur riechen, wähnen die sich gleich auf der Intensivstation.

Dann hatten wir noch ein befreundetes Ehepaar, das hat der Isabella recht gut gefallen. Die haben nämlich immer so gern vom Urlaub erzählt, nicht nur, wie schön der letzte Urlaub war, sondern auch wie schön der nächste sein wird.

Und sie immer mit ihrem Satz: »Ich freu mich schon wieder so auf Mexiko.« Ich soll angeblich irgendwann zu ihr gesagt haben: »Ja, dann bleib halt dort, wegen mir brauchst du nicht zurückzukommen.« Da war sie beleidigt. Es gibt Menschen, die nie da sind, wo sie sind, weil sie immer dort sind.

Ich bin mir sicher, wenn die 14 Tage in Mexiko Urlaub machen, erzählen die irgendeinem Mexikaner, wie toll es doch in Bayern ist. Bis der Mexikaner wahrscheinlich irgendwann sagt: »Ja, dann fahr halt hoam. Wegen mir brauchst nicht dableiben!« Der Mexikaner sagt das vielleicht in einem anderen Dialekt, das ist möglich. Auf jeden Fall waren die beleidigt, haben die Mäntel angezogen, sind das Treppenhaus hinuntergelaufen.

Ich schimpfe dann gern noch ein bisschen hinterher. Da trau ich mich dann, ist ja eh schon egal. Ich glaube, ich habe den beiden noch eine Textaufgabe hinterhergerufen: »Nur mal ganz kurz, wo wart ihr noch mal? Dominikanische Republik? Hat für jeden von euch gekostet 2500 Euro. Habt ihr eigentlich gewusst, dass ein Bewohner dort ein Jahreseinkommen von 500 Euro hat? Jetzt eine Frage: Wenn er davon nur zehn Prozent sparen könnte, wie lange müsste er dann sparen, damit er auch nur einmal in seinem eigenen Land Urlaub machen kann?«

Beleidigt, beleidigt, beleidigt.

Das Ergebnis habe ich ihnen noch hinterhergeschickt, aber da waren sie, glaube ich, schon weg.

Dann hatten wir noch ein befreundetes Ehepaar, das hat jetzt mir recht gut gefallen, aber wie es so ist, Isabella konnte mit *ihm* nicht. Er hatte einen leichten Hang zu etwas unappetitlichen Experimenten. Sie war laut eigener Aussage lesbisch, hat aber nie die Richtige gefunden und dann ihn kennen gelernt. So was gibt's ja auch. Und er, na ja, eine gewisse schräge Schattenlage hat er schon gehabt. Aber eher inspirierend. Der nahm sich immer Themenmonate vor. Jeden Monat ein anderes Thema. In einem Monat war das Thema Gerüche dran. Die große Welt der Gerüche. Da kam es schon mal vor, dass er zu Isabella ging, seine Arme hob und meinte: »Unter der einen Achsel habe ich mich gewaschen, unter der anderen nicht, vergleich mal!«

Das sind so Sachen, die mag Isabella vor dem Essen nicht.

Und so ist uns nur noch dieses eine befreundete Ehepaar geblieben, die Müllers, aber das System hat funktioniert. Allgemeine Gespräche, politische Großwetterlage, habt ihr *Das Parfum* gesehen, habt ihr den *Alchimisten* gelesen, was habt ihr für einen Handytarif, essen, trinken, alle müde, auf Wiedersehen, Abend gerettet. Jawohl.

Aber man kann eben nicht immer Fleischpflanzerl mit Kartoffelsalat machen. Also wälzte ich meine Kochbücher, riss mir ein ausgeklügeltes Menü raus, packte meine Einkaufstasche und ging los.

Die größte Auswahl an Lebensmitteln gibt es in München auf dem Viktualienmarkt. Wenn die Auswahl groß ist, brauche ich grundsätzlich erst mal ein Bier. Und das ist der große Nachteil am Viktualienmarkt, denn mittendrin ist ein Biergarten. Weil es passieren kann, dass man dort Menschen kennen lernt und die Zeit vergisst.

Tauchkurs in Ägypten

Natürlich gehe ich dort auch gern ins »Café Nymphenburg«. Da muss ich nur aufpassen, dass ich nicht gerade den Felix Zachmeier antreffe. Ein muskulöser Kerl, tätowiert, im schwarzen Muskelshirt, Goldkettchen, braun gebrannt, mit wilder blondierter Haarmähne. Ein Typ, kann man sagen, dessen beste Jahre eigentlich schon vorbei sein müssten, aber man weiß es nicht so genau. Wenn den »Zache«, wie er genannt wird, einmal die Redewut packt, dann kannst du nur noch zuhören: »Ich lass mich doch von so einem Sozialarbeiter nicht blöd anreden. Der Franz und ich, wir haben den Hänfling eiskalt in den Nebenraum geschleppt und am Stuhl festgebunden. ›Binden Sie mich sofort los!‹, hat er gesagt. Dabei haben wir ihn gerade so schön festgebunden, jetzt will er schon wieder freikommen. So sind sie, die Studierten. Wahrscheinlich hat er Angst gehabt, dass ihm seine Hände absterben, weil wir vielleicht etwas zu fest zugezogen haben. Seine Handibatscherln, was? Für was braucht man als Sozialarbeiter Hände, frage ich dich. Zum Teebeutel auswringen, oder? ›Also pass auf‹, sage ich zu ihm, ›du hast vorhin bestimmte Dinge zu mir gesagt, so was wie ich wäre ausländerfeindlich, ein Nazischwein …‹« Da unterbricht ihn der danebenstehende Franz, sein kleiner, dicker Mitläufer: »Nazischwein hat er nicht gesagt, und er hat gemeint, es wäre in einem bestimmten Zusammenhang gewesen!«

»Also gut …«, meint Zache, »… dann fangen wir noch einmal von vorn an. Ich sitze im Postwirt, will noch einmal aufs Klo gehen, da schüttet mir der Pole *sein* Bier über *meine* Hose. Sind wir uns so weit einig? Ich weise den Polen zurecht, daraufhin steht er, des Pädagogenkrüschperl, auf und redet mich blöd an. Vor meinen Freunden redet der mich blöd an. Was hätte ich denn seiner Ansicht nach zum Polacken sagen sollen? ›Entschuldigen Sie, Herr Wrtlitschka, dass ich just im falschen Moment meine Hose unter die Ihnen verlustig gegangene Biermenge hielt!‹ Wäre es das gewesen, oder? Weißt du, das, was ich denke, sage ich an Ort und Stelle, und das hat nichts mit ausländerfeindlich zu tun! Da muss der nicht aufstehen und mich blöd anreden. Da braucht der zu mir gar nichts zu sagen. Und ›Zuhälter‹ schon gleich zweimal nicht. Das geht den nichts an. Davon versteht der nichts. Weil ich meine Steuern zahle, verstehst du. Steuern, mit denen er mit seinem Lieblingsjunkie auf Erholungsurlaub geht. Nach Ägypten zum Tauchkurs. Dann sagt der doch zu mir: ›Das geht jetzt wiederum Sie nichts an!‹

›Hast du es gemacht oder hast du es nicht gemacht?‹, frag ich ihn, und da schaut er blöd. Natürlich hat er es gemacht, ich hab mich doch erkundigt.«

Zwischendurch sieht er auf seine klobige Megauhr.

»Die vier Kanister Altöl von den Unfallwägen müssen wir auch noch zum Wertstoffhof fahren, Franz, denkst dran!«

Dann wendet er sich wieder an mich: »Mache ich nebenbei. Unfallwägen herrichten. Meine Zweigstelle ist in der Dachauerstraße, wenn du mal einen brauchst. Das sind alles Begriffe, die dem Sozialfuzzi fremd sind: Arbeit, Leben, draußen! Ich habe ihm ein Beispiel aus dem Leben genannt, damit er irgendeine Ahnung hat. Ein Bekannter von mir, der hat offiziell seinen Wohnsitz in Belgien, dem gehören in München fünf oder sechs Mietblocks, pro Mietblock circa achtzig Parteien. Da werden immer Wohnungen frei, und weil mein Bekannter nicht immer da ist, setze ich mich für ihn ab und zu an das Telefon. Freundschaftsdienst.

Also pass auf. Telefon klingelt, ich hebe ab: ›Immobilien Reitinger …‹, so heißt der, und dann hörst du Folgendes: ›Ja, hab ich gelesen, ist Wohnung frei. Wann kann sehen, wann kann wohnen?‹ Ich lege auf. Das Telefon klingelt wieder, ich hebe ab: ›Immobilien Reitinger, grüß Gott …‹, und dann, pass auf, kommt eine warmherzige bayerische Stimme: ›Ja, grüß Gott, mein Name ist Winkler, ich hab in der Zeitung gelesen, dass da eine Wohnung frei wird, und da würde ich mich gern erkundigen, wie es ausschaut mit Ablöse und Kaution, wann man die Wohnung einmal anschauen könnte, und ab wann sie bezugsfertig wäre?‹ So, und da frage ich dich, wem von den beiden gibst du jetzt die Wohnung, das hat doch nichts mit ausländerfeindlich zu tun. Soll ich denn einen Hiesigen, einen Unsrigen, einen Landsmann auf der Straße sitzen lassen? Der andere versaut mir in zwei Monaten die Wohnung, dann weisen sie ihn wieder aus, weil er gar keine Genehmigung hat, … und ich muss es doch vor dem Reitinger verantworten, oder?«

Da atmet er kurz durch und wendet sich wieder an seinen ständigen Begleiter: »Franz, die gleiche Geschichte habe ich doch gestern dem Vallinger im Postwirt erzählt. Da hat sich doch am Nebentisch die Rothaarige eingemischt. Wie hat denn die geheißen? So eine blöde Henne. Hanna, genau, so ein Greenpeace-Trutscherl. Die könnte glatt dem Sozialheini seine Freundin sein!« Daraufhin wendet er sich wieder mir zu: »Ich erzähle also die Geschichte dem Vallinger, dann sagt sie zu mir, woher ich denn wüsste, ob mein Landsmann nicht ein motorischer Vergewaltiger ist? Oder notorisch, das ist doch Wurscht.

Jetzt pass auf, dann sagt der Vallinger zu ihr, spontan: ›Ja würdest du dann bei ihm einziehen?‹ Haha, … ja eine Gaudi halt, oder?

Aber dieser Hanna, der sag ich es auch noch mal. Die hat mir dieses Jahr meinen Fasching versaut, gell Franz, du weißt es, du warst dabei. Mein persönlicher Fasching, kommt sie da um elf Uhr herein. Weißt du, ich veranstalte jedes Jahr einen Themenfasching, verstehst du, mit Motto. So was kennt der Sozialheini gar nicht. Der kennt nur Hüterl aufsetzen und blöd schauen. Mit Motto. Was haben wir schon für Mottos gehabt, Franz, weißt du noch? Vor zwei Jahren, Monster! Ha, da waren Figuren dabei. Letztes Jahr Mittelalter, herrlich, mit dem Vallinger als Folterknecht, und dieses Jahr, Minderheiten. Grandiose Idee von mir. Da überlegt man sich am Fasching, was ziehe ich an? Was? Es gibt doch verschiedene Minderheiten. Es gibt freiwillige und unfreiwillige Minderheiten. Über so was macht sich ein Sozialarbeiter doch überhaupt keine Gedanken! Ein Schwuler ist eine freiwillige Minderheit, ein Neger nicht! Da überlegt man sich am Fasching, was ziehe ich an?

Mei, was haben wir denn gehabt? Die Hälfte der Männer ist als Neger gegangen, war eigentlich klar, und bei den Frauen so zwei, drei als türkische Putzfrau, aber sonst alles Nutten. Was willst du jetzt als Frau auch groß machen. Oder?

Alleinerziehende Mutter mit drei Kindern, oder lesbisch, da gibt es doch keine Faschingskleidung dafür! Was haben wir noch gehabt, der Vallinger, der hat es sich ganz einfach gemacht, der nahm sich drei *Wachturm*-Hefte und hat sich ins Eck gestellt, der Franz, siehst du ja selber, der ist so fett, der ist so durchgegangen. Mir persönlich gefiel am besten der Gerhard, der hat sich als Drogenabhängiger hergerichtet!« Ein begeistertes Lachen, das in ein Husten übergeht, überkommt ihn: »Hoho, der Gerhard schaut ja im Normalfall schon so fertig aus!

Wenn der Gerhard den Sozialfuzzi gesehen hätte, der hätte ihn sofort nach Ägypten auf Tauchkurs mitgenommen! Und ich habe mir gedacht, gut, es ist mein Fasching, ich mach ein bisschen was Ausgefallenes, eine Kombination als schwuler Behinderter. Weißt schon, richtig tuntig, aber im Rollstuhl. Super angekommen, ha, Franz?« Und dabei gibt er dem Franz einen Rempler, dass dieser Mühe hat, ohne Ausfallschritt stehen zu bleiben. Das Lachen verklingt. Felix Zachmeiers Miene verdüstert sich: »Bis sie gekommen ist, die Rothaarige. Diese Hanna. Kommt die da rein, so um elf ...« Da fragt Franz: »War die auch verkleidet?«

»Ja freilich war die verkleidet«, mault Felix unwirsch zurück, »das war es doch. Und als was geht sie? Geht als ich, das ist doch das Letzte. An meinem Fasching. Das ist für mich eine brutale Themaverfehlung, oder? Kommt da rein mit einem T-Shirt, auf dem steht: ›Harley forever‹. Ein riesiges Goldketterl um den Hals, Kaugummi kauend, und macht blöde Sprüche. Die Sprüche habe ich auch noch alle gekannt!«

Daraufhin hebt er ruckartig seine Hand: »Unter normalen Umständen hätte ich ihr eine solche Watschn gegeben, aber das ging ja nicht, ich war ja im Rollstuhl! Franz, das war doch ein Klischee, was diese Frau da aufgezogen hat. Das war doch oberflächlich. Franz, du kennst mich, wenn man in mich tief hineinschaut, bin ich im Grunde genommen ganz anders. Und jetzt fahren wir zum Wertstoffhof, servus.«

Gespräche mit der Madonna

Ach ja, der Wertstoffhof, früher kurz Sperrmüll genannt, war auch einer meiner Lieblingsplätze. Ein feiner quirliger Ort, an dem sich alle möglichen und unmöglichen Leute mehr oder weniger freiwillig treffen. Mit diesem wunderbaren Sperrmüllleiter Alois Schacherl. Jetzt befindet sich da ein Trimm-dich-Pfad. Das hat die Gemeindeverwaltung durchgesetzt. Kennen und lieben gelernt habe ich diesen Sperrmüll vor ein paar Jahren durch oftmalige Besuche mit Herbert im Waldfriedhof. Da besuchte er seinen verstorbenen Vater und wollte, dass ich ihn begleite. Am Grab selbst wollte er aber dann doch alleine sein. Also setzte ich mich auf eine Bank. Und ich musste mir eingestehen, ich genoss die Ruhe. Nur einmal wurde diese Ruhe gestört, von einem Grabpfleger namens Brandstetter, einem schlaksigen dürren Typ, Mitte fünfzig, mit einer sehr schlechten Körperhaltung. Sein weniges zerfuseltes Haupthaar hätte eindeutig mehr Pflege verdient. Mich sah er nicht, da er viel zu sehr mit sich selbst beschäftigt war. Er unterhielt sich auch mit sich selbst, aber auch mit den in der Nähe stehenden Grabsteinen, vorausgesetzt, auf dem Grabstein war eine Madonna herausgemeißelt. Als ich ihn sah, schlurfte er auf ein Holzwägelchen zu, in dem sich sein Gartenwerkzeug und verschiedene Pflanzen und Blumen befanden. Mit einer sehr hohen Stimme begann er zu reden: »Sooo, wo habe ich denn mein Wagerl?«

Er nahm es und zog es langsam hinter sich her. Vor einem offenen Grab blieb er stehen: »Dann schauen wir mal, was wir heute alles haben!« Daraufhin nahm er seinen Merkblock heraus und ging die Arbeiten durch, die ihn erwarteten, indem er immer abwechselnd auf den Inhalt seines Wägelchens und in seinen Block sah: »Das sind die Knollenbegonien, die kommen da rüber, zum Josef Karbacher, dann die Dahlien und der Buchs, das müsste gleich da vorn sein, neben der Gruft, Angelika Harnmieder …«, er kichert verschmitzt in sich hinein, »… Harnmieder! Dann haben wir noch die Pelargonien, das müsste gleich da sein.« Damit deutet er auf ein Grab neben sich: »Ja genau, Gottlieb Mederl, 1945 – 1968.« Er denkt einen Moment nach, der ist aber nicht alt geworden. Wird schon was gewesen sein. Irgendwas ist immer! In diesem Moment klatscht er sich an die Stirn, vermutlich wegen der vermeintlichen Fliege. Sein Blick fällt auf seine Hand: »War nix. Die Braunelle, die ist aber für den alten Teil, da laufe ich heute nicht mehr rüber. Das wäre es dann schon für heute. Da wird sich meine Mama aber freuen, wenn ich früher heimkomme. Sülze wollte sie heute machen. Vielleicht gibt es noch einmal das Suppenfleisch von gestern, das war schon recht gut.«

Dann blickt er auf, sieht in die Weite des Friedhofs: »Nichts mehr los am Friedhof, keine Leute mehr. Jetzt haben wir extra den neuen Teil hier!« Und er beginnt, die Madonna auf einem Grabstein anzusprechen: »Alles neuer Teil. Da drüben die Wiese, alles neuer Teil, die ganze Wiese, da siehst du gar nicht, dass es ein Friedhof ist, alles Wiese. Da kommen sie immer, die Viertklässler nach der Schule, um Ball zu spielen.«

Seine hohe Stimme wird jetzt auch noch laut: »Mein Lieber, da wenn ich nicht da wäre, mein Lieber.« Er hebt seine linke Hand und fuchtelt mit dem Zeigefinger durch die Luft. Man könnte fast meinen, er übt das Schimpfen für den Ernstfall: »Geht's ihr von der Wiese runter, ha? Verboten!«

Vertraut wendet er sich an seine Madonna: »Manchmal geht so ein Bub auch zum Abfallgitter, dann will er die alten Blumen rausholen. Verboten!« Und wieder schwingt er seine Hand mit dem erhobenen Zeigefinger: »Mein Lieber, gehst du aus dem Papierkorb raus. Verboten!« Er gluckst vor Aufregung, seltsame Geräusche entfleuchen seiner Kehle, und beruhigend sagt er zu sich. »Ich mag die Buben ja eh.«

Nun blickt er wieder auf sein zu bearbeitendes Grab: »Der Gottlieb Mederl, mit seinen Pelargonien. Nichts mehr los am Friedhof. Keine Leute mehr. Immer älter werden sie, sterben mögen sie auch nicht mehr, wahrscheinlich gehen sie zu einem anderen Friedhof, es gefällt ihnen hier wohl nicht mehr. Da sollten sie sich von der Friedhofsverwaltung halt einmal etwas einfallen lassen. Ein bisschen Werbung machen. Ohne Werbung geht doch heute nichts mehr. ›Bei uns werden Sie chlorfrei gebleicht‹ oder so was. Ihr solltet den Brandstetter fragen, ich wüsste schon, wie es geht. Jetzt schau ma noch einmal nei in mei Wagerl. Wo hab ich denn mein Heftl heut? Hab ich mein Heftl heut vergessen?« Wieder spricht er zur Madonna: »Ich hab immer ein Heftl dabei, für meine Pause. Ich lese ja normalerweise nichts. Also, gar nichts. Aber dieses Heftl, das war mal eine Sonderbeilage von der *Süddeutschen Zeitung*. Von vor sechs Jahren, eine Sonderbeilage von einer Jenny Holzner. Nur Bilder. Nur Haut. Und alles so nah. Ich hab ja erst gemeint, es ist ein Preisrätsel. Ich hab denen sogar was hingeschickt und erklärt, was zu was gehört! Ist aber nichts zurückgekommen. Wahrscheinlich hat ein anderer gewonnen. Aber das Heft, das schau ich mir in der Pause gern an. Der Schacherl drüben vom Sperrmüll hat gesagt, ich wäre ein Depp. Ich würde dieses Heft nicht verstehen. Das ist doch mir Wurscht, hab ich gesagt, irgendwas ist immer. Ich hab auch Probleme, oder?«

Die Madonna sah ihm nach wie vor voller Güte in die Augen.

Die Schlange vor dem Kühlschrank

»Letzte Woche erst schmeißt meine Putzfrau, der Trampel, das Terrarium mit meinen Vogelspinnen in den Wäschekorb. Das Terrarium ist ganz geblieben, aber die Wäsche hat sie nicht mehr gemacht. Wie kann ich wissen, dass Kroatinnen vor so was Angst haben?

Zum Glück ist bei mir daheim alles weiß gefliest, der

Boden, die Wände bis obenhin, die ganze Wohnung, alles, dadurch habe ich bis Mittag die zwei Weibchen wieder gehabt, aber das Männchen ist bis heute nicht aufgetaucht. Wahrscheinlich haben es die Weibchen aufgefressen. Das ist ja ihre Natur. Dabei sind diese Tiere viel handsamer, als man sich vorstellt. Eine ausgewogene Ernährung ist halt wichtig und keinen Teppich auslegen! Weil man sie dann nie erwischt. Da macht der Perser mit mir kein Geschäft.«

Triumphierend lächelnd über seinen großartigen Witz schiebt er ein Eukalyptusbonbon in seinen Mund und erzählt seiner stummen Heiligen weiter: »Durch die Aufregung habe ich dann noch Hunger gekriegt. Aber weil ich vor einer Zeit die Rattenkäfige umgestellt habe, war nirgends im Keller meine Heckenschere zu finden. Und deshalb bin ich kaum mehr zu meinem Kühlschrank gekommen, wegen meiner Sumpfpflanze, meiner Metasequoia glyptostroboides. So schnell kannst du das gar nicht aussprechen, wie die wächst. Und der Kühlschrank war auch noch defekt, weil sich die Äste hinten mit den Aggregaten verfangen haben, verstehst du?«

Die Madonna verzieht erhaben keine Miene: »Die ganze Kühlflüssigkeit gemischt mit dem aufgetauten Eiswasser am Boden, das ist doch nichts für meine Blixie. Meine Anakonda. Wegen der habe ich doch die Sumpfpflanze. So eine Schlange ist doch empfindlich.

Irgendwann habe ich dann den Kühlschrank öffnen können, jetzt war aber die Blutwurscht vom Geruch her ... auch nicht mehr so. Ich habe sie dann trotzdem gegessen. Das Zeug muss ja weg, sage ich immer. Danach war mir auch nicht mehr so ... und so habe ich mir gedacht, gehst du halt noch zum Apotheker, lässt du dir von ihm was geben. Und da muss ich sagen, das war wieder gut, weil der Apotheker meint es immer gut mit mir. Er fragt mich oft ganz besorgt, ob ich nicht auch einmal mit einer Frau, oder so!« In dem Moment lacht er ganz verschämt in sich hinein: »Hab ich zu ihm gesagt, ja was soll ich denn noch alles machen. Bei meinem Zeug daheim, das dürfte ja nicht irgendeine sein, die müsste sich ja auf mich einstellen. Außerdem meine Mama im ersten Stock, mit ihren Kanarienvögeln, dann musst du sie wieder sauber machen … die Vögel, nicht die Mama, die kann ja scho noch laufen, aber trotzdem, ich hab ja bei mir daheim …« Da reißt er seinen Kopf hoch und sieht, wie ein kleiner Junge in das Blumenabfallgehege steigen will: »Ist da doch schon wieder einer am Abfallgitter, gehst du aus dem Papierkorb raus da, ha? Mein Lieber, verboten!« Seine Stimme beruhigt sich wieder, er schlurft langsam auf den Jungen zu: »Da komm einmal her zu mir, ja du, komm einmal her! Was ist denn mit dir, hm? Magst du Blumen gern? Und Pflanzen, hm? Magst du Pflanzen auch gern? Wie schaut's denn aus mit Tieren, hm, magst du Tiere auch gern? Ja, siehst du, wenn du einmal Zeit hast, dann kommst einmal mit zu mir …!«

In diesem Moment tritt eine junge Frau dazu, augenscheinlich die Mutter. Brandstetter schreckt ein bisschen hoch, ist aber gleich wieder gefasst: »Ah, da ist ja auch schon die Mama. Grüß Gott, ich habe ihm nur gesagt, dass er aufpassen muss bei diesen Drahtabfallkörben, dass da nicht was weg steht, und er sich ritzt. So Buben haben doch so eine zarte Haut!«

Die Mutter nimmt ihren Kleinen an der Hand und meint im Abgehen noch beiläufig: »Ja, danke!« Brandstetter überfreundlich: »Ja, gell, bitte schön, wiederschaun!« Eine Weile blickt er noch intensiv hinterher: »Schöner Bub. Schade, dass ich mein Heftl heut nicht hab.«

Gebannt in seinen Gedanken geht er langsam ein paar Schritte rückwärts in Richtung offenes Grab. Kurz davor stoppt er und beginnt zu schwanken. »Jessas«, sagt er leicht atemlos, »jetzt wäre ich bald noch ins Loch reingefallen. Warum ist denn das noch nicht zu?« Er holt wieder seinen Block heraus und prüft nach: »Wann ist denn die Beerdigung? Morgen. Mechthild Bretzinger. Gibt's wieder Arbeit. Irgendwas ist immer. Bieseln müsste ich auch schon wieder. Da lauf ich jetzt nicht bis in den alten Teil.« Er sieht wieder in die Weite des Friedhofs: »Ist eh nichts los!« Daraufhin dreht er sich zum offenen Grab und öffnet seine Hose.

Auseinandersetzungen beim Sperrmüll

In diesem Moment steht ein Mann mit einem alten Tirolerhut auf der anderen Seite des Friedhofzaunes. Es ist der Sperrmüllleiter Alois Schacherl. Laut erhebt er seine kräftige Stimme: »Ja, der Brandstetter, schau ihn dir an, die alte Sau brunzt schon wieder ins offene Grab rein, was?«

Brandstetter antwortet unwirsch: »Ja, halt doch du dein Maul, Schacherl, bei dir da drüben stinkt es doch auch schon wieder so säuerlich, ich möchte nicht wissen, was für ein Giftmüll bei dir schon wieder ausgeschüttet worden ist.«

Schacherl kontert sofort: »Bei mir ist gar nichts ausgeschüttet worden. Wenn hier irgendwas säuerlich stinkt, dann bist du es selber oder eine von deinen Leichen. Merk dir das, gell?« Schacherl will sich wieder vom Zaun lösen und zu seiner Arbeit gehen, aber es fällt ihm noch etwas ein und so dreht er sich noch einmal um: »He, Brandstetter, was ist denn mit deiner Anakonda, wann macht denn die ihre Frühlingshäutung? Was da übrig bleibt, das gibst du mir, das brauche ich für meine Blatschenka.«

Lachend geht er an einem alten kleinen Wohnwagen vorbei, vor dem Blatschenka sitzt, eine nicht unattraktive vierzigjährige Russin, die gerade dabei ist, ein Kreuzworträtsel zu lösen. Schacherl stellt sich lächelnd vor sie hin: »Gell, Blatschenka«, hier spricht er ein bemühtes Hochdeutsch, »du hast heute Geburtstag, da kriegst du von mir etwas Schönes. Vielleicht einen Schlangengürtel.«

Blatschenka antwortet in ihrem gebrochenen Deutsch: »Ach weisd duu, Alois, du brauchst mir nichts zu schenken, ich mag dich auch so!«

Schacherl geht noch einen Schritt auf sie zu, beugt sich hinab und meint mit sanfter Stimme: »Doch, du kriegst schon noch was von mir. Vielleicht einen neuen Stuhl, der ist ja schon ganz wackelig. Auf jeden Fall alles Gute zum Geburtstag!«

Er richtet sich wieder auf und ruft quer über den Sperrmüllplatz: »Heinrich …, Heinrich, was heißt denn ›alles Gute zum Geburtstag‹?«

Ein schmächtiges Männchen ruft zurück: »Alles Gude zum Geburdsdoch!«

»Nein, auf Russisch! Lass es bleiben, Heinrich, du mit deinem Sachsenrussisch, das versteht doch eh kein Mensch!« Aber ich weiß, wie es heißt: ›Pasdrawljaju s dniom rashdjenija‹. Gell, Blatschenka, da staunst du. Habe ich extra für dich gelernt: Pasdrawljaju s dniom rashdjenija!« Blatschenka lacht herzlich und blickt verschämt auf ihr Kreuzworträtsel.

Nun geht der Schacherl in die Mitte des Sperrmüllplatzes und setzt sich vor seine kleine Baracke, an deren Türe ein Schild mit der Aufschrift: REGIERUNGSZENTRALE steht, auf eine umgedrehte Bierkiste. Er greift neben sich in ein kleines Holzkästchen, holt eine halb volle Wodkaflasche heraus, schraubt sie um sich blickend auf und trinkt. Nach einem kräftigen Schluck blickt er wieder in Richtung Wohnwagen: »Sehr gut, der Wodka, Blatschenka, danke!«

In diesem Augenblick kommen die nächsten Wagen. Er hebt beim ersten Auto seine Hand: »Halt, stopp, nicht einfach weiterfahren! Einfach stehen bleiben, ich sag es Ihnen gleich, wo Sie … Moment!!« Schacherl kommt in Fahrt, er entdeckt einen Wagen, der mitten in der Durchfahrt steht: »Und Sie da hinten stellen Ihren A4 weiter auf die Seite, da kommt doch keiner mehr vorbei …, an den Container hinstellen, dass man noch durchfahren kann, ich habe Ihnen das schon mal gesagt, ich muss nicht alles zweimal sagen!«

Er wendet sich an den Fahrer vor ihm: »Also, was haben wir denn?«

Der scheint die Situation nicht allzu ernst zu nehmen: »Gemischt!«

Schacherl schroff: »Gemischt! Gemischt gibt es nicht, Presse nur in Ausnahmefällen. Passen Sie auf, die Kloschüssel kommt da vorne hin zum Bauschutt.« Er deutet in die hintere Ecke: »Davor sehen Sie einen kleinen Mann, das ist der Zonenheini, sagen Sie das aber nicht zu ihm, sonst können Sie sich gleich zum Bauschutt dazulegen. Für Sie ist es der Herr Heinrich, da fahren Sie die Kloschüssel hin. Aber vorher die Brille abnehmen!«

Danach ruft Schacherl einem anderen, entfernt arbeitenden Helfer zu: »Leschek, kommst du mal zu mir, nicht da hinten rumstehen, da komm her, du kannst mir helfen!«

Langsam trottet Leschek, der Rumäne, in Richtung Schacherl. Der bemüht wieder sein Hochdeutsch: »Du siehst doch, wie es zugeht.«

Leschek fragt begriffsstutzig: »Dir helfen?«, und Schacherl antwortet: »Ja, mir helfen!« Dann wendet sich Schacherl wieder an seinen Kunden, der inzwischen seine Brille in der Hand hält: »Ihre Brille können Sie auflassen, die Klobrille sollen Sie abnehmen, die kommt da rüber, zu PVC und Kunststoff. Die Holzbretter kommen zum Holz, aber vorher die Nägel rausziehen, haben Sie eine Zange dabei?« Der Kunde, inzwischen schon recht verunsichert, meint nur: »Eine Zange?«

Schacherl beruhigt: »Gut, dann kriegen Sie die nachher von mir …«

Da sieht er, wie Leschek den Kofferraum des Wagens öffnet und brüllt: »Was machst du jetzt den Kofferraum auf, Leschek, habe ich irgendwas in der Richtung zu dir gesagt? Ich hab gesagt, du sollst mir helfen, sonst gar nichts, nicht einfach Kofferraum aufmachen!«

Er wendet sich wieder an den Kunden: »Da müssen Sie aufpassen beim Rumänen, der räumt Ihnen alles aus!«

Der Kunde meint schlichtend: »Ich weiß nicht, man muss ja nicht jedes Vorurteil bedienen!«

Schacherl deutet nur in Richtung Ausgang: »Schauen Sie mal raus auf seinen Pritschenwagen, egal was der geladen hat, in einer Woche verkauft er es in seiner Heimat als Waschmaschine, garantiert!« Als Leschek den Kofferraumdeckel etwas zu heftig schließt, zuckt Schacherl zusammen: »Hau doch die Heckklappe nicht so zu, das ist doch kein Lada!« Nach dem kurzen Wutausbruch wendet er sich wieder dem Kunden zu: »Da stellen Sie sich hinter den Kombi.«

Er winkt den nächsten Wagen zu sich her: »Zufahren, auf geht's, weiter, halt, stopp, was haben wir?« Was er im Inneren des Wagens sieht, hebt nicht seine Laune: »Eine Riesenkiste, alles durcheinander, Sie haben ja überhaupt nichts sortiert, oder? Da ist ja zum Teil noch Hausmüll dabei, Sie haben sich wahrscheinlich gedacht, der Depp nimmt es schon. Wissen Sie was, so wie Sie reingefahren sind, so können Sie gleich wieder rausfahren!« Der Kunde meint etwas genervt: »Na, hören Sie mal, warum das denn?« Schacherl: »Weil ich das sage, ganz einfach, deswegen …«

Sein Blick fällt noch einmal in den Wagen: »Was ist denn mit den Skiern? Wollen S' die auch wegschmeißen? Da ist ja noch die Bindung dran …«

Er geht hinter den Wagen, öffnet die Heckklappe und zieht bedächtig das Paar Skier heraus und betrachtet es ausführlich: »Was sind denn das für Ski, Völkl, die guten alten Völkl …, die stelle ich gleich bei mir daher, und Ihre Kiste ausnahmsweise in die Presse, da wo der Kombi wegfährt, da stellen Sie sich hin, gell!« Da ruft er wieder quer über den Platz: »Heinrich, du schaust, dass er es gescheit macht!« und erklärt sodann dem Kunden: »Der Heinrich aus Meißen war früher in der Porzellanmanufaktur beim Versand, jetzt ist er beim Bauschutt, so geht's!«

Als der Wagen weiterfährt, scheint es etwas ruhiger zu werden. Schacherl setzt sich wieder auf seine Bierkiste. Plötzlich drückt ihn etwas im Magen. Er hält sich den Bauch und verzieht das Gesicht: »Scheiße, jetzt geht das schon wieder los. Ich kann doch nicht schon wieder aufs Klo gehen. Ist doch nichts mehr drin. Wo hab ich denn mein Darmbücherl?« Er holt ein ziemlich zerlesenes Fachbuch für Darmprobleme aller Art heraus und fängt an zu blättern: »Hehe, jetzt gefällt es mir schon, jetzt hab ich die Zeichnungen schon ausgemalt. So, wo sind wir denn stehen geblieben, da, hier, durch den Analkanal sind wir schon durch, da waren wir, Rektumprolax, Kontinenz und Inkontinenz. Über das Halten von Stuhl und Winden. Beispiel Katharina M., 69: In der letzten Zeit kann ich die Winde nicht mehr zurückhalten …« Da unterbricht er sich beim Lesen selbst und lacht laut auf. Dann ruft er wieder rüber zu Heinrich, der dem letzten Kunden bei der Restmüllpresse hilft: »Heinrich, das Buch ist wirklich lesenswert, da musst du mal reinschauen.« Heinrich weiß, welches Buch Schacherl meint:

»Ooch, du mid deinem Darmbuch kannst mir gestohlen bleiben!«

Schacherl insistiert: »Ja, wenn ich es dir doch sage, schau mal her, da steht auch etwas über dich drin.«

Heinrich wehrt ab: »Nee, interessiert mich nich!«

Schacherl gibt nicht auf: »Ja doch, hör mir zu. Lass den allein ausladen, du sollst jetzt mir zuhören. Da steht, du musst mehr Schließmuskeltraining machen, dann kannst du es besser halten!« Und schon prustet Schacherl los: »Jetzt, Heinrich, lach halt auch einmal!«

Inzwischen nimmt Leschek auf einer zweiten Bierkiste neben Schacherl Platz. Er zündet sich eine Zigarette an und fragt Schacherl: »Woher kennst du ihn?«

Schacherl ist in Redelaune: »Den hab ich kurz nach der Wende kennen gelernt, beim Oktoberfest sitzt er im Bierzelt und jammert, dass er nichts zu essen kriegt. Ein Hendl wollte er, ging zum Ammer und verlangte nach einem Broiler. Verstehst du, Leschek? Einen Broiler. Ich kann mir bildhaft vorstellen, was da abgelaufen ist. ›Hau mir ab mit deinem Broiler‹, werden sie ihm als Antwort gegeben haben, ›geh rüber zum Löwenbräu!‹ So hat es der Heinrich mir in seinem breiten Sächsisch erzählt: ›Isch weiß gar nisch, was die hoben, isch will doch kein Löwen essen!‹

Jetzt pass auf, Leschek, wie es weitergeht. Ich kaufe ihm aus Mitleid zwei Fischsemmeln und eine halbe Ente, damit er was im Magen hat, weil drei Maß hat er ja auch schon gehabt.« Schacherl wird nun bedeutungsvoll: »Nachdem der Heinrich das verputzt hat, steht er auf und meint, er müsste sich jetzt bewegen, und steuert direkt aufs Fünferlooping zu. Ich habe noch zu ihm gesagt, du kannst doch mit dem, was du im Bauch hast, jetzt nicht Fünferlooping fahren! Doch, hat er gesagt, das ist eine Premiere, das hat er sich vorgenommen, nüchtern hätte er sich das sowieso nicht getraut. Fünferlooping, verstehst du, mit den langen Wägen. Setzt er sich auch noch ganz vorne hin, bei der Fliehkraft gibt das doch bis nach hinten einen ganz hässlichen Streifen!« Und wieder lacht Schacherl los.

Leschek, bemüht, den aufmerksamen Zuhörer zu mimen, hat anscheinend gar nichts kapiert. Er zieht an seiner Zigarette und meint trocken: »Ja, hässliche Streifen sind blöd!«

Ungeachtet dessen ruft Schacherl wieder in Richtung Restmüllpresse: »Heinrich, setz dich her zu mir!« Heinrich gibt sich pflichtbewusst: »Aber ich muss doch schauen, ob …« Schacherl fällt ihm ins Wort: »Jaa, lass den ausladen, das ist mir jetzt egal, wir sperren sowieso gleich zu. Da setz dich her …«, er deutet auf die freie Bierkiste zu seiner Linken, »… ich brauch jetzt eine Unterhaltung!« Er wendet sich wieder an Leschek: »Inzwischen hat er es natürlich gelernt, der Heinrich. Wenn man auf dem Oktoberfest rumläuft, und es ist einem schlecht, und man weiß nicht wohin, dann geht man halt schnell in die Geisterbahn, da sieht's keiner, und wenn es doch einer sieht und riecht, ich meine, für was ist eine Geisterbahn da? Es soll einem ja grausen! So, Leschek, da kommen wieder zwei Kunden, die übernimmst du jetzt, weil ich hab jetzt Pause!«

Mit diesen Worten holt Schacherl wieder seine Wodkaflasche aus dem Kästchen, nimmt einen Schluck, Leschek geht zu den hereinfahrenden Autos, und Heinrich nähert sich den Sitzen vor der »Regierungszentrale«.

»Da setz dich her, Heinrich«, sagt Schacherl und gibt ihm ein Bier aus dem Kästchen: »Prost Heinrich!« Gut gelaunt ruft er Richtung Wohnwagen, vor dem Blatschenka immer noch Kreuzworträtsel löst: »Prost Blatschenka, auf deinen Geburtstag. Wie geht's dir, Blatschenka? Was sagst du, keine Kundschaft? Ist noch zu früh für dich, musst du warten, bis es dämmert, dann kommt Kundschaft zu dir in Wohnwagen, gell! Musst du noch warten!«

Er wendet sich an Heinrich: »Die Blatschenka! Mir gefällt sie! Heinrich, warst du jetzt schon mal drin bei ihr im Wohnwagen?«

Heinrich: »Bisher noch nicht!«

Schacherl: »Wieso nicht? Kannst du doch mal reingehen, ist doch nichts dabei! 50 Euro, eine halbe Stunde, danach geht's dir gut!«

Heinrich: »Warst du schon mal da?«

Schacherl: »Was, ich? Ob ich bei ihr schon einmal …?« Er zögert: »Einmal.«

Heinrich: »Und, wie war's?«

Schacherl: »Ja, war nicht schlecht. Ich kann das nicht mit dem Gummi. In der Schule lernst du das nicht. Weißt du, ich glaube, bei mir ist das alles psychisch!« Auf einmal wird er grantig mit sich selbst: »Ich kann das nicht! Schau, kaum hab ich den Gummi drüber, weiß ich, dass ich muss, dann kann ich nicht mehr. Dann rutscht er wieder runter, dann könnt ich wieder, das Ganze dreimal hin und her, dann ist die halbe Stunde sowieso schon vorbei. Aber dich würde das doch nicht stören, Heinrich, du als Grobmotoriker, oder? Du kannst doch mal hingehen zu ihr!«

Heinrich: »Nöö. Ich glaub, die Blatschenka is nüscht für mich!«

Schacherl: »Wieso, gefällt sie dir nicht?«

Heinrich: »Die ist mir'n bisschen zu dicklich!«

»Geh, zu dick, red doch keinen Schmarrn, die Blatschenka ist doch nicht zu dick. Die ist halt gut beieinander, aber nicht zu dick. Was du nicht weißt, die war ja ausgebildete Sängerin in Russland. Ehrlich. Da brauchst du ein Volumen, auch körperlich. Natürlich weißt du das nicht, weil du immer gleich heimgehen musst. Auf dich wartet zwar niemand, aber du musst trotzdem immer gleich heimgehen. Schau, wenn wir hier abends zusperren, dann kommt die Blatschenka zu mir, wir trinken gemeinsam Wodka, und dann stellt sie sich hier vor dich hin und singt. Russische Volksweisen, aber wie, da hörst du die Container vibrieren.«

Plötzlich fängt Schacherl im tiefen Bariton an zu singen, ein lang anhaltender Grundton, dann langsam jeweils einen Halbton in Moll höher, wieder etwas tiefer, es kristallisiert sich tatsächlich eine Melodie heraus. Es ist auf jeden Fall anzunehmen, dass Schacherl sich bei Blatschenkas abendlicher Lust gesanglich einreiht. »Oooh… so ungefähr, gell, Blatschenka, haha. Nein, mir gefällt sie, mich stört an der Blatschenka gar nichts. Na gut, sie müsste sich halt einmal rasieren, dann hätte die wesentlich mehr Kundschaft!«

Er sieht Heinrich an, der zweifelnd ins Leere blickt, und meint dann erstaunt: »Was? Das stört dich wieder nicht, ha?« Schacherl lacht herzlich in sich hinein: »Schon gefällt er mir wieder, der Heinrich. Ja, dann geh halt mal hin zu ihr, Herrschaftzeiten, die halbe Stunde 50 Euro, ich lade dich ein.«

Schacherls Blick wird nachdenklich: »In zwei Monaten ist alles vorbei, da wird der ganze Zinnober abgerissen. Einen Trimm-dich-Pfad wollen s' herstellen. Ja, so ist es, Heinrich, da wird keiner von uns übernommen, da stehen wir alle auf der Straße, und die Blatschenka gleich zweimal, im doppelten Wortsinn. Was machst du denn, wenn das hier alles vorbei ist?«

Heinrich überlegt nicht lange: »Keine Ahnung. Und du?«

Schacherl: »Ich weiß es auch nicht! Schauen wir halt einmal nach im Anzeiger, vielleicht finden wir was Gemeinsames. Du und ich.«

Er blättert im Anzeigenblatt: »Weißt du was? Ich schlage jetzt irgendwo auf, und das machen wir. Blind Date, oder? Da haben wir es schon.« Schacherl liest vor: »›Suche dringend Staubsaugerbeutel für Hoover-Klopfsauger. Biete als Gegenleistung 17 verschiedene Staubsaugerbeutelpackungen für Siemens Schlürfdämon, Elite 2000, und so weiter, und so weiter. Habe immer die falschen gekauft.‹ Das machen wir nicht. Das ist unter unserer Würde.«

Er blättert weiter: »Sag einmal, wo ist denn … da haben wir es ja … Stellenangebote.« Er blickt grob über die Seite: »Da ist für mich gar nix dabei, das sehe ich von Weitem. Gar nix.«

Heinrich: »Kuck doch erst mal genau hin!«

Schacherl: »Ja, wenn ich es doch sage, was soll ich denn

machen, hier, Zahnarzthelferin, soll ich mich da bewerben? Aber für dich habe ich was, Heinrich, da schau her: ›Seriöse Putzhilfe für Erlebnisbad Tropical Rain gesucht‹. Das machst du.«

Heinrich: »Wieso soll ich des machen?«

Schacherl: »Ja, weil ich das sage, Heinrich.«

Er will ihm die Arbeit schmackhaft machen: »Heinrich, Erlebnisbad. Ein bisschen baden, ein bisschen putzen, das schadet dir beides nicht!«

Heinrich: »Mach's doch du!«

Schacherl entrüstet: »Ich? Nein, für mich ist das nichts, bei meiner Sagrotan-Allergie! Und überhaupt. Erlebnisbad. Das habe ich einmal in meinem Leben mitgemacht. 25 Euro für drei Stunden. Da lege ich mich lieber in meine Badewanne, da brauche ich keine Kästchennummer 246. Eine halbe Stunde habe ich gebraucht, bis ich mein Kästchen gefunden habe. Kostet doch Geld. Geht doch alles von meiner Zeit ab. So schmale Kästchen haben sie da.« Dabei deutet er etwa dreißig Zentimeter an: »Im Erlebnisbad darfst du da deine ganzen Klamotten reinstopfen. Im Winter. Pullover, Daunenjacke, alles. Und diese depperten Kleiderbügel mit dem Netz dran, so was gibt es auch bloß im Schwimmbad. Und nirgends einen Haken. In der einen Hand hältst du den Bügel, mit der anderen Hand ziehst du deine Hose aus. Bis ich alles in dem Kästchen gehabt habe, war eine Stunde vorbei. 8 Euro 30 fürs Ausziehen. Und in der Badehose musste ich dann hochlaufen, zur Kasse, zum Geld wechseln, weil ich keinen Euro gehabt habe, um das Kästchen zuzusperren. Bis ich in das Wasser gekommen bin … wenn du das alles hochrechnest ... da ist die Blatschenka billiger. Bei den Duschen geht der Terror weiter. Da drückst du auf den Knopf, dann kommt das Wasser, wenn du deine Seife nimmst, ist das Wasser wieder weg, musst du also wieder drücken. Das geht die ganze Zeit hin und her, ich war noch nicht abgeseift, da habe ich schon einen Muskelkater im rechten Daumen gehabt. Und bei den Besonderheiten im Bad, da kommst du doch gar nicht hin, ins Whirlpoolbecken kommst du nie rein. Weil in dem Schwimmbad lauter Profis rumlaufen, die genau wissen, wann der Sprudel losgeht. Normal schwimmen geht auch nicht, denn wenn da sechs Hausfrauen in Zweiergruppen nebeneinander schwimmen, um sich zu unterhalten, ist das Becken besetzt, da kommst du nicht mehr durch. In diesem Erlebnisbad hat mir gar nichts gefallen. Obwohl, eines doch, und zwar in diesem Außenbecken. Da gibt es Sprudeldüsen, die von unten nach oben wirbeln, und auf diesen Sprudeln stehen immer so fünfzig- bis siebzigjährige Damen. Die gehen auch nie weg. Und der glasige Blick von denen, der hat mir gefallen. Aber sonst! Erlebnisbad! Beim Rausgehen habe ich mir an diesem festinstallierten Turboföhn noch die Kopfhaut verbrannt. Hör mir auf.«

Ein Kunde fährt vor. Schacherl springt auf: »Halt, stopp, nicht einfach weiterfahren!«

Der Kunde: »Ich will doch bloß schnell das Zeug wegschmeißen!«

Schacherl: »So einfach geht das nicht. Sie haben alte Lackdosen in Ihrem Wagen, also Moment, einfach stehen bleiben.« Er geht in eine andere Richtung auf einen Interessenten zu: »Sagen Sie mal, Sie stehen jetzt aber auch schon eine halbe Stunde vor diesem Fernseher. Wollen Sie ihn jetzt mitnehmen oder nicht?«

Kunde: »Na warum soll ich mir das Gerät nicht länger ansehen?«

Schacherl: »Ja weil der nicht besser wird, wenn Sie noch länger rumstehen. Wir wollen nämlich langsam zusperren.«

Kunde: »Geht der denn überhaupt noch?«

Schacherl: »Das weiß ich nicht, ob der noch geht, wir haben keinen Strom da, etwas Risiko ist immer dabei, oder? Der Fernseher schaut doch ganz gut aus, 40 Euro, dann können Sie ihn mitnehmen.«

Gerade will Schacherl zurückgehen, als er den Kunden sagen hört: »Das ist aber ganz schön teuer für ein Gerät, von dem ich nicht einmal weiß ...«

Da fährt ihm Schacherl dazwischen: »Was? Was habe ich da gehört? Zu teuer? Sind wir jetzt auf dem Basar oder was? Wollen wir jetzt handeln? Schauen Sie, jetzt kostet er 70 Euro, so schnell geht's!« Er geht zurück zu dem wartenden Auto: »Also passen Sie auf. Sie haben hier alte Lackdosen drin, mit Lackresten, das ist ein Sondermüll, der käme normalerweise da hinten in den Blechverschlag, da finde ich aber heute den Schlüssel nicht, darum darf ich Sie bitten, morgen noch einmal zu kommen!«

Kunde: »Warum das denn?«

Schacherl: »Ja, weil ich das sage. In zwei Monaten ist hier sowieso dicht, also genießen Sie einfach die Anfahrt hierher. Wiederschaun!«

Weiter hinten bei den Matratzen sieht er ein paar Kinder spielen: »So Kinder, was ist mit euch da hinten, hey, ihr Burschen, jetzt seid ihr lange genug auf den Matratzen rumgehupft, stellt sie wieder schön auf und dann zischt ab. Morgen setzt ihr mal einen Tag aus, geht's halt rüber in den Friedhof zum Fußballspielen!«

Eines der Kinder ruft: »Aber da ist doch immer der blöde Aufseher!«

Schacherl: »Ah, der Brandstetter, der soll euch in Ruhe lassen, sagt ihm das, sonst kriegt er es mit mir zu tun.«

Er setzt sich hin, nimmt einen Schluck, blickt kurz über sein Imperium und redet: »Weißt du was, Heinrich, wenn wir zwei hier fertig sind, dann machen wir irgendetwas Ausgefallenes, etwas Wildes. Eine Kur, ha? Anwendungen. Einmal im Leben will ich mir Anwendungen verpassen lassen. Aber nur weil mir das Wort so gut gefällt.«

Ein ausführliches Gespräch der beiden folgt.

»Und was wird da gemacht?«

»Ja, was weiß ich. Irgendwas werden die in der Kur schon machen mit uns. Soviel ich weiß, musst du den ganzen Tag durch das Wasser laufen, dafür kriegst du nichts zum Essen, dann schmieren sie dich mit Schlamm ein, den kannst du dann wieder essen. Wenn du magst.«

»Gibt's da ooch Massagen?«

»Massagen? Freilich kriegst du da auch Massagen.«

»Von einer Frau?«

»Das weiß ich nicht, ob das eine Frau ist, das kann auch ein Mann sein, der dich massiert. Du hast Vorstellungen. Und wenn es eine Frau ist, dann kannst du gleich mal davon ausgehen, dass es keine 19-jährige Thailänderin ist. Das wird dann schon so ein Drachen sein. Eine falsche Bemerkung von dir, und sie haut dir den Ellenbogen ins

Kreuz, dass du meinst, dir ist ein Schwertransporter drübergefahren. Nein, nein, Heinrich. Auf dem Weg findest du keine Frau. Sowieso schwierig bei dir.«

»Wieso soll das schwierig sein?«

»Ja, schau dich doch einmal an. Heinrich, bei aller Liebe, du bist jetzt über vierzig. Du bist überhaupt nicht schön. Du hast keinen Humor.«

»Na, komm, jetzt mach aber mal 'n Punkt. Ich hab dir schon oft Witze erzählt!«

»Ah geh, deine Witze, komm, hör auf.«

»Nein, wirklich, ich kann Witze erzählen!«

»Hör auf, Heinrich!«

»Soll ich dir mal einen erzählen?«

»Ich habe gesagt, hör auf. Ich kenne niemanden, der so schlechte Witze so schlecht erzählt wie du.«

»Aber du lachst doch immer!«

»Natürlich lache ich. Das mache ich alles für dich. Aber du musst dich mal aus der Sicht einer Frau betrachten, was hast du denn zu bieten. Dein Dialekt ist in München auch nicht gerade ein Bonus. Du musst dir was Besonderes einfallen lassen. Einen Trick. Kauf dir einen Hund. Aber keinen Pitbull, da kannst du gleich alleine rumlaufen. Kauf dir einen schönen weißen Schlittenhund, mit dem gehst du jeden Tag Gassi, immer denselben Weg, zehn Stunden lang, mindestens, Woche für Woche, irgendwann passiert schon mal was.«

»Da verlangsde aber viel!«

»Ja freilich ist das anstrengend, jeden Tag Gassi gehen. Aber es lohnt sich, glaub mir's.«

Schacherl fasst sich wieder an den Bauch und verzieht

das Gesicht: »Sag mal, Heinrich, vor der Wende in deiner DDR, so Geschichten mit dem Darm, habt ihr so was auch gehabt? War das erlaubt?«

Heinrich: »Na freilisch hatten wir ooch Probleme mit der Verdauung!«

Schacherl: »Ja, dann hilf mir halt mal. Woher kommt denn so was?«

Heinrich: »Ich würd sachen, was in solschen Fällen sehr oft unterschätzt wird, ist die seelische Nadur!«

Schacherl: »Seelisch? Sehr gut, Heinrich. Das gefällt mir, ich habe schon gemeint, es ist psychisch. Dann habe ich also eine Enddarmdepression, oder? Kombiniert mit einer Schließmuskelmelancholie, die Seele liegt im Darm, sehr gut, da geht's mir gleich wieder besser. Weißt du was, Heinrich. Jetzt sperren wir zu. War eh ein blöder Tag heute. Obwohl, lustig war er auch. Weißt noch heute Mittag, diese fränkische Kleinfamilie auf ihren Mountainbikes, hast du die gesehen?«

Heinrich: »Weeß isch jetzt nisch mehr!«

Schacherl: »Mit ihrem Sohn und ihren Leuchthelmen. Die musst du gesehen haben. So was kann man nicht übersehen, in Einheitspartnerleuchtuniform. Leuchthandschuhe, Leuchtellenbogenschoner, Leuchtknieschoner, verspiegelte Designerbrille. Ha. Motzt die mich an, weil ich gelacht habe, da musst du doch lachen, wenn du so was siehst. Dann wollte sie noch wissen, wo hier ein Naherholungsgebiet ist. Ich hab sie da hinter in den Wald geschickt, werden sie schon was finden!«

Ein Kleinlaster kommt. Schacherl geht gleich hin: »Was wollt ihr denn jetzt noch?«

Der Fahrer: »Ach, wir haben nur eine Hand voll Bauschutt!«

Schacherl: »Was? Einen Bauschutt, jetzt noch? Ihr wollt jetzt noch Bauschutt ausladen? Habt ihr schon einmal auf die Uhr geschaut?«

Doch dann ist er wieder gnädig: »Dann ladet euer Zeug aus, aber ganz schnell. Da vor. Fahrt's da vor. Heinrich, du gehst mit und hilfst denen!«

Als sie wegfahren, brüllt Schacherl ihnen hinterher: »Ausladen und rausfahren, wir wollen nämlich auch mal irgendwann Feierabend machen!«

Unbemerkt stellt inzwischen ein gediegener Herr mit Anzug und Krawatte seinen voll beladenen Mercedes an der Zufahrt ab, steigt aus und geht laut rufend Richtung Alois Schacherl: »Hallo. Halloo. Entschuldigung, sind Sie hier zuständig?«

Schacherl: »Moment einmal langsam, langsam ...« Er ruft wieder hinter in die letzte Ecke, in der sich Leschek herumdrückt: »Leschek, sperrst du jetzt endlich zu, wir haben fünf Uhr, Leschek ...«

Er wendet sich dem letzten Kunden zu: »Was haben wir denn?«

Kunde: »Ja, ich habe hier eine Menge Möbel, ich wollte fragen, kann ich die Möbel hier zu den Möbeln stellen, oder was soll ich machen?«

Schacherl betrachtet den Wageninhalt und meint, inzwischen schon deutlich müde: »Schauen Sie, diese Möbel sind weder alt noch neu, die nimmt Ihnen kein Mensch mehr. Was ist mit dem Radio, geht das noch?«

Kunde: »Das weiß ich nicht, mein Bruder hat den Lautsprecher ausgebaut!«

Schacherl: »Dann gehen wir mal davon aus, dass es nicht mehr geht, oder? Haufen Zeug, ist jemand gestorben?«

Kunde: »Ja, meine Mutter, Beerdigung ist morgen früh um neun, ich hab noch Verschiedenes zu erledigen, Kondolenzkorrespondenz und so weiter, deshalb wäre ich froh, wenn ich bald wieder gehen könnte.«

Schacherl: »Wissen Sie was, tun Sie mir einen Gefallen, um diese Tageszeit nicht mehr so schnell und laut reden, weil damit trampeln Sie nur unnötigerweise auf meinen Nerven herum.«

Er brüllt wieder über das Gelände: »Leschek, Leschek, ich habe doch gesagt, du sollst zusperren, was machst du denn jetzt da bei der Blatschenka? Blatschenka, lass dich von dem nicht einwickeln, wenn der irgendwas von dir will, muss der ganz regulär zahlen. Keine Extras. Und denk an deine Gesundheit, nicht ohne Gummi, wie bei den Bungeespringern, nie ohne Gummi!«

Der Kunde hat aufmerksam zugehört und setzt nun leise stammelnd ein: »Äh, Tschuldigung, ich habe das so ein bisschen mitgekriegt, so mit Gummi und so, ich meine, äh, gehe ich da recht in der Annahme, dass die etwas füllige Dame dort vorne, ist das eine … ist das eine … ist das … ist das …«, seine Stimme wird immer leiser und endet in einem kaum hörbaren Räuspern. Schacherl scheint überhaupt nicht gewillt, auf diese stotternde Anfrage auch nur im Geringsten einzugehen: »Die Möbel sind ja zum Teil aufgepolstert, das muss man alles trennen.«

Der Kunde ist immer noch gebannt von Blatschenka

und lässt sich nicht abbringen: »Nein, also jetzt noch mal wegen der Dame dort vorne, ich wollte nur fragen, also ich meine, wenn ich da jetzt hingehen würde, was … was würde denn so was … äh… nur mal so gefragt … kosten?«

Schacherl weiterhin unbeirrt: »Weiß du was, weil du es bist. Schmeiß's in die Presse!«

Der Herr hat immer noch Blatschenka im Blick und reagiert völlig verwirrt: »Was??? Ah, die Möbel, die Möbel in die Presse, alles klar. Ich wollte nur noch fragen, der Stuhl hier …«, und damit holt er einen Stuhl aus dem offenen Kofferraum, »… auf dem ist mein Vater zwanzig Jahre lang in der Küche gesessen, könnte man den Stuhl vielleicht noch …«

Schacherl: »Na ja, gib mal her …«, er hebt den Stuhl mehrmals hoch und klopft mit ihm am Boden auf, »… der ist eigentlich noch relativ stabil.«

In diesem Augenblick kommt die fränkische Familie angeradelt, vornedran die engagierte Mutter mit ihrer stechend quiekenden Stimme: »Hallooo, hallooo, Herr Schberrmülllaider, Sie etz bin ich nochomol do, Dieder, horch du bleibst draußen und bassd aufn Glan auf. Sie, etz bin ich nochomol do, weil Sie doch gsachd ham, wenn mir des Waldstück gradaus durchfahrn würden, würden wir direkd auf des Naherholungsgebiet stoßen!«

Schacherl: »Ja, Moment mal, langsam, eins nach dem anderen!«

Er wendet sich wieder an den trauernden Herrn: »Also pass auf, du nimmst jetzt den Stuhl und trägst ihn vor zur Blatschenka, die freut sich, weil der ihre fällt eh schon auseinander, sagst ihr einen schönen Gruß von mir. Und wenn du was von ihr willst, handelst du mit ihr einen Preis aus und lässt dich von ihr ein bisschen mütterlich verwöhnen! So. Dann haben wir wenigstens einen hier am Sperrmüll, der seinen Stuhlgang erfolgreich beenden kann.«

Da meldet sich die fränkische Fahrradmutter wieder: »Herr Schberrmülllaider, ich glaub, Sie hörn mir gar ned richtich zu, Sie, mir sin des Waldschdück grodaus durchgfohrn, dann simma erst amal auf ein Zemendwerg geschdoßen, dann simmer lings abgebochen, da war ned amal mehr a Wech. Nur Unebenheiden, ab und zu eine Lichdung, aber weit und braid kein Naherholungsgebied. Schauens amal da hinder, mei Mann, der is scho ganz ausgemergeld.«

Schacherl: »Na ja, dann ist er doch schon weitgehend erholt, oder?«

Wieder die Mutter: »Sie, ich will Ihnen mal was song. Wir sind vor einem Jahr von Fürth hierher nach München gezochen, wechen der Berche und der Seen.« Zunehmend bemüht sie sich um eine hochdeutsche Aussprache. »Weil mir des so in der Form bei uns ned ham. Aber der Preis, den wir bezahlen, ist sehr, sehr hoch. Die Leute hier sind so was von batzich und unfreundlich, gerade wechen unserer Fahrradschutzkleidung werden wir ständich in irgendeiner Art und Weise so saudumm angesprochen, so wie von Ihnen auch schon amal!«

Schacherl: »Ja, mei, wenn man euch anschaut, dann muss man halt irgendwas sagen, oder?«

Die Mutter: »Sie, mein Mann hat vorhin schon gsacht, er ist sich net so ganz sicher, ob Sie uns net einfach absichtlich da hinten irchendwo neigschickt hädden.«

Schacherl: »Ja, Herrschaftzeiten, ich habe ja auch noch was anderes zu tun, habt ihr denn keine Karte?«

Mutter erbost: »Doch, mir ham a Kadden. Aber meinem Mann ist durch die Unebenheiden der Fahrradkartenhalder abgebrochen. Wissen Sie, wir sind begeisterte Mountainbiker im Bartnerlook, aber wir brauchen das alles wechen der Sicherheid. Mei Mann hat schon gsacht ...«

Schacherl: »Mein Mann, mein Mann, mein Mann, sagst du das dein Leben lang, oder was? Da schau einmal hinter dich, ich glaube, dein Mann entdeckt inzwischen ein ganz anderes Hobby.« Sie dreht sich um und sieht, wie ihr Mann ganz verstohlen um den Wohnwagen schleicht. In diesem Augenblickt kommt Heinrich angetapst: »Äh, du, äh, Schacherl, isch wollt gor net weider störn, isch wollt nur mol ganz kurz frochen, wechen dem Bauschutt, die loden doch da Bauschutt aus, du hast doch gesagt, ein halber Zentner, mehr is gor nich erlaubt, aber die loden da Bauschutt aus, die loden da Un... Un... Un... Unmengen von Bauschutt, ich weiß gar nisch, was isch machen soll.«

Sofort brüllt Schacherl Richtung Bauschuttcontainer: »Ja, seid's ihr wahnsinnig oder was? Ein halber Zentner, alles andere ist gewerblich, das wisst ihr ganz genau, gell? Das könnt ihr jetzt alles wieder einladen! Sonst lass ich euch heut nicht raus ...«, jetzt erkennt er einen der beiden, »... und du brauchst gar nicht so blöd schauen, dich kenn ich, du bist bei dem Bauunternehmer Schmatz oder Schmutz, oder wie der heißt, du meinst wohl mit dem Sachsen kannst du es machen, aber nicht mit mir! Nicht mit mir!«

Da ruft Brandstetter über den Zaun: »Hast einen Ärger, Schacherl, ha? Irgendwas ist immer, hähä!«

Schacherl: »Halt doch du dein Maul, Brandstetter, mit dir red ich schon lang nicht mehr!«

Wieder meldet sich die eifrige Mutter: »Sie, ich bin fei immer noch net ferdich.«

Jetzt gerät Schacherl richtig in Rage: »Aber ich, ich bin mit dir schon lang fertig, ich sage dir auch gleich, was du jetzt machst, du setzt dich jetzt aufs Radl und radelst nach Fürth zurück, aber ganz schnell. Und vergiss deinen Sohn nicht, der hat hier am Sperrmüll nichts verloren. Für den habe ich keine Container übrig!«

Sofort rennt die Mutter los: »Lothar, Lothar, ich hab doch gsacht, du sollst beim Baba bleim.« Sie irrt konfus auf dem Platz herum: »Wo isn mei Mann, Dieter, Dieter!«

Schacherl: »Da wirst du noch ein bisschen warten müssen, der lernt gerade seinen Radetzkymarsch auf Russisch. So was zieht sich.«

Fassungslos blickt die Mutter auf Schacherl, der ganz unschuldig tut: »Ja, da brauchst du mich nicht anschauen, ich kann nichts dafür. Du bist halt einmal nicht die Einzige auf der Welt, du mit deinen Knieschonern. Weißt du, was mich wundert? Dass ihr an euren Mountainbikes keine Stützräder dran habt.« Mit großer Lust äfft er sie nach: »›Wechen der Sicherhaiiid!‹ Für mich seid ihr nichts anderes als ein wandelnder Bausparvertrag, merk dir das!«

Und schon brüllt er wieder Richtung Bauschutt: »Und ihr ladet jetzt euern Bauschutt ein, sonst könnt ihr euch gleich dazulegen!«

Einer der beiden hebt kampfbereit seine Brust! Schacherl geht sofort in Stellung: »Ah, du magst dich mit mir anlegen, ha, ja da geh her, sind wir gleich beieinander, komm her, das haben wir gleich erledigt, mir zwei!« Beschwichtigend winkt der Arbeiter ab, Schacherl, inzwischen ein schnaubendes Ungetüm, bemerkt das und geht ein paar Schritte zurück: »Weil das hier meine Welt ist, und alles, was ich hier sage, wird gemacht, speziell in den letzten zwei Monaten. Jeder Satz von mir ist hier Gesetz, und wenn ich Lust habe, gilt das ab sofort bundesweit!«

Während er sich mit solchen Sätzen langsam wieder beruhigt, verlassen alle Anwesenden eilig das Gelände, nur Heinrich bleibt da, weil er unbedingt die Blatschenka einmal singen hören möchte.

Schacherl grummelt weiter: »Bauunternehmer, Immobilienmakler. Wenn es nach mir ginge, müsste jeder Makler, der mehr als drei Zimmer hat, mindestens fünf Obdachlose aufnehmen, verstehst du? Das wäre Gesetz, wenn es nach mir ginge.«

Eine Weile ist es still. Schacherl öffnet eine Flasche Bier und philosophiert in die untergehende Sonne: »Fragst dich sowieso, für was das alles gut sein soll. Wenn du hin bist, fragt kein Mensch mehr danach, ob du das so oder so gemacht hast.«

Inzwischen ist der Trimm-dich-Pfad längst errichtet, Blatschenka, die eigentlich Natascha heißt, wurde ausgewiesen, Leschek putzt irgendwo Videokabinen, Heinrich fand in Hamburg einen Posten als Briefträger in einer Bananenreiferei, Brandstetter, der Grabpfleger, starb an einer Lebensmittelvergiftung, die fränkische Kleinfamilie sucht vermutlich immer noch ihr Naherholungsgebiet, und Alois Schacherl, tja, der umarmt seit diesem wunderschönen Tag im Mai die Welt, täglich, überall, wo es einen Tresen gibt, in einer Kneipe, die schon morgens öffnet.

Mit Puschkin und Placebo am Viktualienmarkt

Aber an diesem Tag, da ich ja einen Auftrag hatte, wollte ich ganz bewusst niemand treffen oder kennen lernen. Ich habe mir extra einen Stehtisch ausgesucht, an dem zwei Männer standen, die nicht miteinander redeten. Gutgläubig wie ich bin, habe ich mir gedacht, da stellst du dich dazwischen, drei, die sich nicht kennen, jeder für sich, das passt.

Aber als ich mich dort hinstellte, fing der Kleinere von beiden sofort an zu reden: »Wenn du dir die Leute so anschaust, wie die sausen. Früher hat's geheißen, die Revolution frisst ihre Kinder, heute ist es der Alltag!« Das sagte er in einer etwas gequälten Haltung, den Ellbogen auf dem Stehtisch aufgelegt, um damit seine geringe Körpergröße zu ignorieren, der aufgestützte Arm war damit fast höher als sein Kopf. Sein Gegenüber, ein hagerer älterer Herr, grauer Anzug, graues Haar, markantes Gesicht, erwiderte sofort: »Aber sie laufen hin. Das ist das eigentliche Phänomen. Sie laufen hin. Egal, mit welcher Fahne du winkst, sie laufen hin. Keine Reflexion. Alles Lemminge. Was meinen Sie dazu, mein junger Held?«

Die Frage galt mir. So, jetzt hängst drin, habe ich mir

gedacht, jetzt musst du was sagen. »Ja«, hüstelte ich, »diese Leute laufen einfach hin. Muss halt jeder was erledigen.«

Daraufhin wieder der Kleine: »Ja, weil jeder bloß an das denkt, was er später machen muss.«

»Kein schlechter Gedanke, Placebo!«, erwiderte der Ältere, und ich dachte mir, aha, so heißt der Kleine also. »Kein schlechter Gedanke, Placebo, die Gegenwart als schwarzes Loch. Man plant seine Zeit voraus, um ihr dann hinterherzulaufen. Ist sogar physikalisch erwiesen, die einzige Zeit, die nicht existiert, ist die Gegenwart. Was meinen Sie dazu, mein junger Held?«

Aha, jetzt muss ich da auch noch was Gescheites sagen: »Tja, die Gegenwart, gibt's gar nicht. Dafür spürt man was.«

Das scheint diesem kleinen Placebo gefallen zu haben, denn nach kurzem Bedenken meinte er: »Ja, da hat er Recht. Was man spürt, ist immer jetzt!«

So haben wir drei uns kennen gelernt, bei diesem ersten gemeinsamen Gespräch. Ich habe später herausgefunden, dass die beiden sich nur unterhalten können, wenn ein Dritter dazukommt. Das ging, glaube ich, von dem Älteren aus, der mochte keine Zweiergespräche. Der Ältere nannte sich selbst Puschkin, wie der große Schriftsteller Alexander Puschkin. Dessen Hauptwerk *Eugen Onegin* wurde von Tschaikowsky als Oper bearbeitet, und während einer Aufführung dieser Oper hat Puschkin in einem Anfall von Euphorie, wie er mir erzählte, seine große Liebe kennen gelernt und am selben Abend wieder verloren. Seit dieser Zeit nennt er sich Puschkin.

Puschkin trägt immer ein Buch mit sich, ein recht zerfleddertes mit viel Selbstgeschriebenem, gemischt mit herausgerissenen Artikeln, die aus allen Ecken hervorlugen. Das Buch hält er immer seitlich unter dem Arm, etwas zu hoch, beinahe knapp unter der Achsel.

Puschkin liebt die Farbe grau, grau in allen Schattierungen, wie er immer sagt, alles, was zwischen schwarz und weiß ist. Und er bevorzugt ein ebenerdiges Leben. Er betritt deswegen zum Beispiel keine Lokale, in denen sich die Toiletten im Keller befinden, alles muss ebenerdig sein. Er möchte immer in den Süden, wegen irgendeiner Frau, mag aber keine Gleise und keine Schienen, wegen Entzug der freien Entscheidung.

Weissagung am Bahnhof

Mir geben Gleise eher ein Gefühl der Sicherheit. Meine Probleme mit der Bahn waren früher anderer Natur. Gerade in den Monaten nach der Wende, als an allen Bahnhöfen die große Renovierungswut ausgebrochen ist, war meine Orientierungslosigkeit am größten. Ich war viel unterwegs als Alleinunterhalter bei Hochzeiten, Geburtstagen, bei Anlässen jeder Art. Ich übernahm Moderationen, musste Witze erzählen, Reden halten, aber auch singen und vor allem bestens gelaunt die Leute unterhalten, bis es dem letzten Rauschkopf völlig egal war, was um ihn herum passierte. Manchmal mich eingeschlossen.

Und so war ich eben viel auf Achse, mit Heimorgel,

Requisiten, gezaubert habe ich auch noch, hatte schlechte Tricks drauf, habe ich leider viel zu spät aufgegeben, aber eben mit viel Gepäck, in der linken Hand die Orgel mit Kabeln und Orgelständer, dazu noch eine Tasche mit Hemden, Socken, Unterhosen, rechts den Koffer mit Requisiten und noch eine Tasche mit den alten Socken, Hemden und Unterhosen, und noch einen schweren Rucksack mit dem ganzen Kleinzeug, einschließlich Zitronentee und Schinkensemmeln, da kommen leicht 200 Kilo zusammen. Insgesamt, also mit mir. Den Füßen ist es egal, woher das Gewicht kommt.

Und mit diesem Gepäck musste ich dann umsteigen, an Bahnhöfen, die nicht nur einfach renoviert, sondern bis auf die Grundmauern entkernt wurden. Überall Bauschuttberge, über die ich mit meinem Gepäck steigen musste. So meinte das also die Bahn, dachte ich mir, wenn sie von Erlebnisbahnhöfen sprach. Aus einem dieser Schuttberge zog ich einmal ein verstaubtes Blechschild heraus: »Gleis drei«. Da muss ich also rauf, dachte ich. Als ich oben ankam, war das für mich eine echte Gipfelbesteigung, höher ging's nicht, ich war fix und fertig, hatte Atemnot, Schwindelgefühle, Übelkeit, ich hatte meinen persönlichen Mount Everest. Hinzu kamen dann bahnklassische Zwischenkatastrophen, also Durchsagen wie: »Wegen Gleisbauarbeiten fährt der ICE nicht auf Gleis 3, sondern auf Gleis 17 ein…!«

Das größere Problem war, dass sich, kaum oben angekommen, jedes Mal ein Harndrang meldete, der kaum auszuhalten war. So, und der Zug kommt in vier Minuten. Die Toilette aufsuchen mit Gepäck – unmöglich.

Genau das ist mir einmal zugestoßen, am Hauptbahnhof Ulm. Ein Herr stand auf dem Bahnsteig, der so etwas Vertrauenswürdiges an sich hatte. Klein, drollig, gedrungen. Frisur Typ Stadtrandsiedlung, der, so dachte ich mir, doch kurz auf mein Gepäck aufpassen könnte. Aber als ich ansetze, ihn zu fragen, niest dieser Mann, holt ein Taschentuch heraus, schnäuzt sich ausführlich und prüft anschließend eingehend sein Taschentuch.

Ich dachte mir, was schaut der da. Mit dem Blick eines Genanalytikers. Ist das eine andere Form des Kaffeesatzlesens? Soll ich ihn fragen, wie das Wetter wird? Das ist so einer, der alles ganz genau wissen will. Ja, so einer ist das, dachte ich mir. Wenn sich so einer am Bahnhof ein Sandwich kauft, muss er immer den oberen Brötchendeckel abnehmen und genau kontrollieren, was drin ist, aber ganz genau. Ich kenne solche Leute, die, wenn sie im Urlaub am Meer sind, sich davon überzeugen müssen, dass das Wasser immer glasklar ist, damit sie genau sehen, wo sie hinsteigen. Ich bin umgekehrt gepolt, ich bin froh, wenn das Wasser trüb ist, ich will gar nicht wissen, wo ich hinsteige, ich wollte auch noch nie wissen, wie es in so einem Sandwich aussieht. Das will ich essen und weg damit. Das mag riskant sein, aber das ist mir egal.

Ich kann mich manchmal so richtig reinsteigern, das muss der Herr am Bahnsteig wohl gemerkt haben, denn auf einmal dreht er seinen Kopf zu mir, sieht mich an und sagt: »Könnte sein, dass es nächste Woche regnet!«

Arbeiten im ICE-WC

Ich fühlte mich ertappt, und das war mir natürlich sehr unangenehm, aber zum Glück kam bald darauf der ICE 580 Richtung Mannheim. Ich stieg ein, stellte das Gepäck ab und rein ins ICE-WC. Dort aber klebte neben der Tür das Schild:

»Bitte verlassen Sie diesen Raum so, wie Sie ihn selbst gerne vorfinden möchten!«

Wie ich ihn selbst gerne vorfinden möchte! Das war vielleicht eine Arbeit. Bis ich diese ganzen Reinigungsmittel zusammenhatte. Ich habe alles eingeweicht, eingeschäumt und mit Ako-Pads und Schrubber den Urinstein an der Schüssel mühevoll weggeschabt, manches ging gar nicht mehr richtig weg. Da ich immer gern Musik auf der Toilette höre, habe ich meinen eigenen Transistorradio geopfert, einen netten Sender eingestellt. Doch dann stellte sich die Frage nach der besten Lektüre: Was lege ich da hin, dachte ich mir, es gibt doch so viele unterschiedliche Fahrgäste in den Zügen, da kann man nicht lieblos dieses Gratisheft von der Bahn hinklatschen. Vielleicht hat jemand am Tage vorher scharf gegessen, indisch oder mexikanisch, da kann man dann auf keinen Fall ein ADAC-Heft mit Crashtests hinlegen. Eher was Beruhigendes, beispielsweise asiatische Weisheiten: »Bevor du Durst hast, bohre den Brunnen!« So was eher. Dann gibt es so viele Menschen, die Dinge essen, die stopfen. Weißbrot, Schokolade, Bananen. Für solche Leute auf gar keinen Fall den *Spiegel* oder die *Süddeutsche Zeitung* hinlegen. Nichts Kleingedrucktes. Denn durch diesen äußerst anstrengenden Pressvorgang verschwimmen leider die Zeilen vor den Augen. Da sollte man etwas hinlegen mit großen Buchstaben. *Mein erstes Lesebuch*, wahlweise die *Bild-Zeitung*.

Ich habe dann so ein kleines Zeitschriftenensemble zusammengestellt, dachte mir, das geht so einigermaßen, musste dann aber noch unter größten Schwierigkeiten Pflanzen und Blumen aus dem Zugrestaurant klauen, damit etwas Buntes und Frisches da ist. Ich habe das Ganze noch einmal besichtigt und war dann der Meinung, jetzt ist es schön. Es war ja alles improvisiert, mir hat ja vorher keiner was gesagt.

Aber der Erfolg gab mir Recht: Als ich aus der Toilette ging, standen sechs Menschen vor der Tür, die waren offensichtlich alle sehr neugierig und haben sich sicherlich gedacht: Na, jetzt bin ich mal gespannt, wie *der* es gemacht hat!

So etwas ist ja immer auch eine Art Vernissage. Sind auch gleich zwei auf einmal rein. Doch dann fiel mir ein, dass ich eigentlich aufs Klo gehen wollte. Und der Zug war schon fast in Karlsruhe, in Stuttgart hätte ich aussteigen sollen. So ist das, wenn man in der Arbeit drin ist, vergisst man Zeit und Raum.

In Karlsruhe kam zum Glück auch gleich ein Zug, der zurückfuhr, ich sofort rein, Gepäck abgestellt und rein ins WC. An der Wand hing zwar das gleiche Schild, aber da hat's mir gereicht. Ich bin doch nicht der Depp von der Bahn. Ich habe so getan, als hätte ich es nicht gelesen. Einfach aufs Klo und fertig. Hat mich beim Rausgehen zum Glück auch keiner erwischt. Und hätte mich jemand erwischt, hätte ich gesagt: »Mei, ich mag's halt so!«

Puschkin, Placebo und der Achter

Zurück in München traf ich alsbald wieder meine neuen Freunde am gewohnten Platz am Viktualienmarkt. Das Verhältnis zwischen Placebo und Puschkin schien mir eine glückliche Symbiose zu sein. Puschkin zehrt von Placebos Schlichtheit in Ausdruck und Sprache. Und Placebo zieht sich seine Weisheiten gerne aus alten amerikanischen Action-Serien, die kaum noch jemand kennt. Darauf hat er mich auch gleich angesprochen.

»Du, sag mal, wie findest du eigentlich die vom A-Team? Die lösen jedes Problem, weil sie ein Team sind. In jeder Folge haben die Probleme, aber irgendwie kriegen die das immer wieder hin. Genauso wie der McGyver. Kennst den McGyver? Der ist in größter Not, aber wenn der irgendwo eine Schnur findet oder eine Streichholzschachtel, da fällt dem schon was ein.«

»Warum heißt du Placebo?«

»Den Namen hat mir der Puschkin gegeben, weil ich oft mit dem Satz anfange: ›Ich weiß nicht, ob ich mir das nur einbilde, aber …‹ Erst vorhin hat mich jemand gefragt, wie spät es ist, da habe ich gesagt: ›Ich weiß nicht, ob ich mir das nur einbilde, aber ich glaube, wir haben immer noch Januar.‹«

»Wissen Sie, mein junger Held«, fällt Puschkin ein, »im Grunde genommen ist alles Placebo, das wollen die Menschen bloß nicht wahrhaben. Alles entsteht im Kopf, die Sorgen, die Nöte, die Träume, aber die Menschen wollen es nicht wahrhaben. Schauen Sie doch nur, wie sie rennen.«

Jetzt muss ich auch mal was sagen, dachte ich mir: »Ja langsam, langsam. Was ist mit den echten Gefühlen?«

Er antwortet sofort: »Was reden Sie da, mein junger Held? Die Welt ist rational, der Mensch ist emotional. Das ist ein Widerspruch, mit dem wir leben müssen.«

Gerade als ich ansetzen will, Puschkins Entschlossenheit auch hier Zweifel entgegenzusetzen, hebt er, um mich zu unterbrechen, seine Hand und dreht seinen gesenkten Kopf leicht zur Seite. Auch ich neige meinen Kopf etwas in diese Richtung und erkenne aus dem Augenwinkel zwei Männer am Stehtisch neben uns, die sich bei einem Bier unterhalten: »Mein Schwager, der sich den BMW auf Raten gekauft hat, der hat jetzt einen Totalschaden gebaut …«

»Ja, meine Schwester auch, die hat ihren Wagen verkaufen müssen, weil ihre Wohnung so teuer ist …«

»Die Polizei sagt, er war schuld, ganz sicher ist es noch nicht, aber es schaut so aus …«

»Weißt du, was die jetzt zahlt für ihre Wohnung? 860 Euro, ohne Nebenkosten …«

»Wenn du dir jetzt vorstellst …«, und dabei taucht er seinen Zeigefinger in das Bier des anderen und fängt an, damit auf dem Tisch zu malen, »… das ist die Kreuzung …«

»Das ist ein Wohnzimmer, ein Schlafzimmer, die Kochnische, der Korridor, 860 Euro ohne Nebenkosten …«

»Also …«, setzt er seine Beschreibung fort, »… das ist die Kreuzung, er kommt von da, blinkt, biegt ab, kommt der Depp daher …«

»Du musst ja die Nebenkosten auch noch dazurechnen, da kommt noch ganz schön was dazu, Wasser, Strom, Gas …«

»Gas hat er gar nicht so viel gegeben, hat er gesagt. Auf jeden Fall hat er mehrere Brüche, einen Schock, und der Wagen ist total hin …«

»Ja, meine Schwester hat ihren Wagen jetzt auch verkauft …«

»Siehst du, mit dir kann man sich wenigstens noch richtig unterhalten, du verstehst das …«

»Und dabei hat sie nicht einmal einen Aufzug und wohnt im vierten Stock …«

Zufrieden über das gut verlaufene Gespräch stoßen die beiden an. Puschkin öffnet sein Buch, zieht den darin enthaltenen Stift heraus und notiert sorgfältig, aber für mich nicht lesbar, zwei bis drei Wörter. Ohne seine Position zu verändern, spricht er: »Placebo, was macht eigentlich unser Achter?«

Ach, der Achter. Den hätte ich fast vergessen, den gab's ja auch noch. Ich weiß gar nicht, ob der wirklich zu uns gehört hat. Der stand immer ganz weit hinten und hat uns nur beobachtet, sehr merkwürdig. Ab und zu, wenn man ihn ansah, sagte er den Satz: »I bin fei a multiple Persönlichkeit!«

Ich dachte mir schon, was für ein seltsamer Mensch.

Doch dann erfuhr ich, dass er der festen Überzeugung war, in sich selbst sechs Menschen zu vereinen. Vier berühmte Persönlichkeiten und zwei völlig Unbekannte aus dem Volk. Früher, so wurde mir erzählt, war er erst ein Dreier, dann hat er auf einen Sechser aufgestockt. Deshalb nannte ihn Puschkin in weiser Voraussicht schon einmal Achter. Der Achter hat sich auch gern mal versteckt, hinter Straßenlaternen, hinter Hauswänden, und man sah nur sein halbes Gesicht.

Wenn sich die sichtbare Hälfte besonders regte, dann wollte er immer, dass man fragt, wer er sei. Der Placebo hat das dann immer übernommen, ist hingegangen und hat gefragt: »Wer bist'n grad?«

Dann hat er immer leicht patzig geantwortet: »I bin grad der Adenauer, hast des ned gmerkt?«

Aber er war harmlos. Interessant an ihm war noch: Er hat Unmengen von Alkohol vertragen. Man hat ihm nichts angemerkt, wahrscheinlich, weil er für alle sechs getrunken hat. Das ist eine Vermutung. Falls einer dicht war, ist er zum Nächsten übergesprungen.

Und mit der Frage nach ihm unterbrach Puschkin also unsere Unterhaltung.

Puschkin: »Was macht eigentlich unser Achter?«

Placebo: »Der steht hinter dem Kiosk und lächelt.«

Puschkin: »Er lächelt? Dann sei so gut, geh hin und frag ihn, wer er ist.«

Placebo: »Habe ich schon, er sagte, er wäre heut die Bauer Steffi, die würden wir nicht kennen.«

Puschkin: »Aha. Wo waren wir stehen geblieben, mein junger Held?«

»Ich glaube, bei den Gefühlen.«

Puschkin: »Es gibt Menschen, die haben ihre Gefühle im Bauch. Die kommen zu mir und sagen, das habe ich aus dem Bauch heraus entschieden. Das sagen komischerweise immer die, die keinen Bauch haben, ist Ihnen das schon mal aufgefallen? Aus was heraus haben sie dann entschieden? Aus dem Nichts heraus. Ich muss demnächst in den Süden, da wartet eine Frau auf mich.«

Placebo: »Ja, Puschkin, ich weiß nicht, ob ich mir das bloß einbilde, aber ich muss das jetzt nicht verstanden haben.«

»Er meint, dass es Menschen gibt, die ihre Gefühle bloß erfinden«, meinte ich ausgleichend.

Puschkin: »Ja, denn es ist alles Illusion! Das muss man erkennen und wieder verwerfen, sonst gibt's kein Glück.«

Placebo: »Aber doch nicht das, was ich sehe. Schau, wenn da hinten ›Sushibar‹ steht, dann ist die doch da.«

Puschkin: »›Sushibar‹? Was soll das sein?«

Puschkin hebt seine Stimme, er regt sich deutlich auf. »›Sushi‹ steht wahrscheinlich für Subunternehmen solventer Holding Interessenten! So viel von meiner Seite.«

Placebo: »Ja, Puschkin, wahrscheinlich hast du Recht. Ich habe ja andere Probleme. Ich finde es schlimm, dass man sich im Leben für so viel interessieren muss, bloß damit man interessant ist.«

Achter: »Ich bin fei immer noch die Bauer Steffi, habt's schon gemerkt?«

Ich musste den beiden dann erklären, warum ich mich überhaupt hier am Viktualienmarkt aufhalte. Ich erzählte ihnen ausführlich von meinen Versuchen mit Einkaufen, Kochen und Freunde einladen, Beziehungsgesprächen aus dem Weg zu gehen. Placebo und Puschkin blickten skeptisch. Daraufhin lud ich die beiden noch zu einigen Getränken ein.

Die arme Isabella

Als ich dann nach Hause kam, war das letzte befreundete Ehepaar schon sehr, sehr lange da. Alle standen irgendwie ratlos im Gang rum, jeder mit einem Bündel Salzstangen in der Hand, hatten sich mühselig durchgeknabbert. Und ich lehnte, zugegebenermaßen schwer betrunken, im Türstock, mit einem Alibi-Kopfsalat unter dem Arm. Das war das Einzige, was ich noch gekriegt habe. Was willst denn da jetzt groß erklären? Dass ich in der Stadt auf großer Mission war?

Ich habe dann angefangen, das letzte befreundete Ehepaar auch noch zu beschimpfen. Angriff ist die beste Verteidigung, bevor die mir blöd kommen. Die Isabella habe ich auch gleich mit einbezogen.

»Wie mir eure Mittelmäßigkeit auf den Sack geht. Warum muss immer ich kochen? Ich hab überhaupt kein Eigenleben mehr!«

Beleidigt, beleidigt, beleidigt!

Alle drei haben sich ihre Jacken angezogen, die Türe raus, das Treppenhaus hinunter. Ich hab natürlich wieder durchs Treppenhaus hinterhergeschimpft: »Euren blöden

Alchimisten könnt ihr euch sonst wo hinstecken. Den hat dieser Paulo Coelho in elf Tagen geschrieben und wir reden schon seit vier Wochen davon!«

Die arme Susi

Die sind dann aus Protest alle drei ins Kino gegangen und haben sich zum vierten Mal *Die fabelhafte Welt der Amélie* angeschaut. Und ich habe mich aus Protest bei meinem Polit-Ehepaar eingeladen. Ich habe mir gedacht, jetzt hast du grad einen Lauf, jetzt müssen die herhalten. Als Gastgeschenk habe ich den beiden eine angebrochene Flasche »Ratzeputz« aus meinem Schrank mitgebracht, einen mit Ingwer versetzten Magenbitter aus dem Norden. Hat 58 Prozent. Habe ich mir gedacht, den schenke ich denen mal, damit sie wissen, was Prozente sind. Das war so mein Gedanke. Aber ich hab's ganz kurz gemacht. Habe ihnen die Flasche gezeigt: »Da schaut her, so sieht die Zahl mal ohne Komma aus.« Das ist normalerweise nicht meine Art, aber es kommt immer ein bisschen auf den Zustand an.

Aber interessant, mein Polit-Ehepaar saß nicht zu Hause, sondern in einer Wirtschaft. Das hätte ich denen nicht zugetraut. Da haben die gepunktet bei mir. Ich teile die Menschen nämlich gern in mehrere Gruppen ein: Die einen gehen in Wirtschaften, die anderen nicht … ja, das war's eigentlich schon.

Nach dem langen Fußweg war bei mir der Dampf natürlich schon ein bisschen raus, und ich habe mich erst mal hinsetzen müssen, erst mal ausschnaufen. Aber er fängt immer gleich zu reden an, das kenne ich an ihm schon. Der legt immer sofort los, ohne Punkt und Komma. Irgendwie parteipolitisch. Vielleicht ist das gar nicht so uninteressant, was er sagt, aber es gibt Leute, da kann man nichts machen, wenn die zwei Minuten reden, verschwimmen ihre Texte bei mir zu einem akustischen Einheitsbrei. Da höre ich dann so was wie: »omtz...omtz...omtz...«

Ich bemühte mich in diesem Fall Interesse zu zeigen. Ich sah ihn an und sagte: »Mhm... ja ... genau ...« Aber mein Gehirn diktierte mir, mich jetzt mehr auf die Nebengeräusche zu konzentrieren. Dagegen kann ich nichts machen. In diesem Fall war das Gespräch am Nebentisch interessant bis seltsam. Zwei Männer sitzen da, und der eine erzählt dem anderen von seiner Freundin. Aber nicht einfach so, sondern hart, unter der Gürtellinie, derb. Ich war entsetzt, wie der von seiner Freundin redet. Was ich nicht wusste war, dass die beiden Motorradfans waren und dass Suzuki in der Fachsprache Susi heißt. Ja, woher soll ich das wissen?

Jetzt stelle sich mal einer die Situation vor: Links sitzt mein Basisdemokrat: »Muss man ja mal sehen. Hat ja schon damals ....omtz, omtz, omtz.«

Ich schaue ihn an: »Mhm... ja ... genau ...«

Vom Tisch zu meiner Rechten höre ich: »Weißt, ich hab jetzt die Susi seit dreieinhalb Monaten und ich muss sagen, ich bin nicht zufrieden. Die is ja dermaßen schwer. Im letzten Urlaub is sie mir dreimal umgefallen. Ich hab sie ohne fremde Hilfe gar nicht mehr hochgebracht.«

»Omtz, omtz, omtz... gibt es immer noch Parteimitglieder, die sich mit der Geschichte Möllemann beschäftigen … Omtz, omtz, omtz.«

»Weißt du, und dann säuft die Susi. Acht Liter im Normalfall. Also ich bin überhaupt nicht zufrieden. Die wird auch so schnell dreckig. Nach dem letzten Tagesausflug, ohne Dampfstrahler wäre da überhaupt nichts mehr gegangen. Und was mich am meisten aufregt: Bergauf wird die dermaßen laut.«

Ich habe mir gedacht, was hat denn der für eine Freundin? Was macht die denn, wenn die bergauf geht? Schreit die oder grunzt die? Singt die vielleicht bloß?«

»Weißt du, im Großen und Ganzen steht sie ja noch ganz gut da. Also, wenn du jemand kennst, der eine Susi braucht… ich hab sie ja kaum benutzt.«

Mir hat die Susi immer mehr leidgetan. Ich stelle mir das immer so bildlich vor. Mei, is sie halt a bisserl mollig. Sie ist nicht ganz so sauber, aber da kann man doch reden miteinander. Sie trinkt vielleicht mal a bisserl was, aber das Wichtigste ist doch, sie singt fröhlich, wenn es bergauf geht.

Und dann er wieder: »Omtz, omtz, omtz… und aus dieser Struktur heraus hat es die SPD in manchen Regionen Bayern etwas schwer.«

Schwer, das war das Stichwort. Ich sofort aufgesprungen und zum Nebentisch gegangen. Ich musste doch die Situation klären!

»Entschuldigen Sie, dass ich mich einmische, ich hab da auf einem Ohr mitgehört, wenn ich das richtig verstanden habe, wissen Sie was, dann geben Sie die Susi mir.«

Seitdem bin ich im Besitz einer Suzuki VS 750 Intruder.

Frauen und Vorstellungskraft

Und so kam es, dass ich immer öfter am Viktualienmarkt stand, zusammen mit meinen zwei neu gewonnenen Freunden.

Einmal sagte ich zu Placebo: »Hey, Placebo, Tipp von mir, wenn du mal eine Frau triffst, fang bloß nicht an, für sie zu kochen.«

Puschkin: »Interessanter Gedanke, mein junger Held. Wenn ein Mann eine Frau trifft und anfängt, für sie zu kochen, nennt man das in der Fachsprache Balzfüttern. Der Mann versucht sich der Frau als Ernährer zu beweisen. Der völlig falsche Weg, wenn man mich fragt. Ich habe schon immer gesagt, wenn sich zwei Menschen kennen lernen und auf Anhieb verstehen, sollte der erste gemeinsame Akt immer der Geschlechtsakt sein. Alles andere ergibt sich. Das lässt sich durchaus historisch untermauern, da muss man nur ein paar Bücher durchblättern. Altes Testament oder Homers *Odyssee,* erst der Geschlechtsakt, alles Weitere ergibt sich. Das ist wie beim Essen, erst muss man essen und nur wenn's geschmeckt hat, kann man auch das Rezept aufschreiben. So viel von meiner Seite.«

»Ja, Puschkin, is ja gut. Bei mir ist das mit dem Balzfüttern zu Ende. Wir drei hier, das gefällt mir. Das ist für mich praktisch wie Urlaub.«

Placebo: »Ja, wenn ich eine Arbeit hätte, dann hätte ich wahrscheinlich jetzt auch Urlaub. So kann ich nur schwer sagen, was ich habe. Aber mit den Frauen, da hast du Recht, das ist wirklich ein sehr großes Problem. Es wird langsam Zeit, dass ich eine kennen lerne. Wäre da nicht meine verdammte Schüchternheit. Jetzt probier ich's grad mit dem Ratschlag aus der Apothekenzeitung. Man kann seine Schüchternheit besiegen, indem man seine eigene Vorstellungskraft benutzt. Das habe ich gestern mal ausprobiert. Ich war im Englischen Garten, habe mich auf eine Parkbank gesetzt, neben eine junge Frau. Weißt, so eine 25-Jährige. Und habe meine Vorstellungskraft genutzt. Ich hab mir vorgestellt, sie ist weit über achtzig. Und weißt warum? Weil mit den alten Leuten kann ich recht gut. Und von meiner Seite hat es auch ganz gut funktioniert, ich habe gleich losgelegt: ›Ist gut, dass hier überall Parkbänke rumstehen, da muss man nicht so viel laufen.‹ Sie hat überhaupt nicht reagiert, gar nicht. Dann habe ich sie gefragt: ›Und mit dem Essen, klappt's? Gibt ja so tolle Haftcremes heute.‹ Da ist sie aufgestanden und gegangen. Aber mit so einem Blick, ich glaube, die will was von mir. Da bin ich wie der McGyver, bloß nicht aufgeben.«

In diesem Augenblick lugt der Achter hinter dem Imbissstand hervor: »Ab heute bin ich fei die Marlene Dietrich.«

Exakt zwei Halbe Bier

Das war also meine aktuelle Lebenssituation, als ich mich mit Elmar am Viktualienmarkt traf, um gemeinsam mit ihm das Ersatzteil zu besorgen.

Und da machte ich den Fehler und sagte zum Elmar: »Jetzt setzen wir uns erst mal hin und trinken ein Bier.« Das haben wir auch gemacht, sind nicht zu einem Stehtisch, nein, wir haben uns hingesetzt. Und was haben wir gehabt? Jeder exakt zwei Halbe Bier. Ich höchstens drei. Aber bei ihm waren es zwei Halbe, und auf einmal war der dicht, der war abgefüllt. Ich war richtig enttäuscht, fast verbittert. Ich kenne den doch von der Wohngemeinschaft, früher hat der doch mehr als ein Bier getrunken. Ich bin mir sicher, dass dieser Sport dran schuld ist. Durch den Sport hat er sich die Enzyme, die den Alkohol abbauen, wegtrainiert. Da war der dicht und wollte sofort heim.

Er rumpelt hoch, geht mit diesem eingedrehten Schmerzgang zu seinem Fahrrad. Ich habe ihm zugeschaut, das hat ewig gedauert, bis der auf dem Radl saß. Und dann noch leichter Regen. Wie Quasimodo ist der weggewackelt. Ich habe mir noch gedacht: Oh, oh, hab ich mir gedacht. Und tatsächlich, in der Thierschstraße ist es passiert. Kommt der mit dem Radl direkt in die Trambahngleise hinein. Ausgerechnet in der Straße, wo er noch vor einem Jahr den Bürgerentscheid unterschrieben hat, dass da keine Buslinie hinkommen soll. Herzlichen Glückwunsch, sage ich nur.

Der ist also in die Gleise reingekommen, am Anfang soll es noch ganz gut gegangen sein, auch in der ersten Kurve ist noch nichts passiert. Ich behaupte ja, wenn der sich nicht verkrampft hätte, wäre der bis ins Trambahndepot reingefahren. In solchen Situationen muss man auch mal umdenken. Man muss sich vorstellen, diese Gleise würden nur für dich und dein Rad gebaut. Wahrscheinlich hat er im entscheidenden Moment zu stark über seine Situation nachgedacht und dabei den Glauben an sich verloren. So muss es passiert sein. Anders kann ich mir das nicht vorstellen. Alles mental, alles im Kopf. Da hat jeder Mensch eine Fehlschaltung. Ich ärgere mich manchmal über mich selbst. Ich könnte wunderbar kleine Dinge reparieren. So Kreuzschlitz, Schraube und Kabel abtrennen. Wenn ich alleine bin, dann kann ich das, aber in dem Moment, in dem jemand neben mir steht und zuschaut und noch blöde Bemerkungen macht wie: »Das klappt nie!«, ist alles aus!

Allein deshalb bin ich mal in ein Klavierkonzert gegangen, weil ich wissen wollte, ob es nur mir so geht oder anderen auch. Herkulessaal, festliche Stimmung. Ich saß ganz vorne. Der Pianist mittendrin, großes Orchester, Chopin, Klavierkonzert Nummer 2, Opus 21. Mitten im Larghetto rief ich ihm zu: »Schau doch mal auf deine Finger, kannst du das wirklich?«

Und schon griff er daneben. Das war natürlich gemein, so was macht man nicht. Aber ich wollte es halt wissen. Und so war das, glaube ich, beim Elmar auch, im entscheidenden Moment hat er den Glauben an sich verloren. Jetzt liegt er im Klinikum Großhadern. Mehrere Brüche, Schock, Schleudertrauma.

Die Odyssee

Keine Erfahrung mit Gemütlichkeit

Der arme Elmar im Krankenhaus hat keine Frau mehr, und der Sport steht bei ihm in naher Zukunft auch auf sehr wackeligen Beinen, denn im Klinikum Großhadern hat man neben seinen Knochenbrüchen und seinem Schleudertrauma auch noch erhöhte Blutzuckerwerte festgestellt. Und eine Niere soll auch nicht mehr so richtig funktionieren. Wenn man länger im Krankenhaus liegt, passiert es leicht, dass die Ärzte immer mehr Krankheiten finden. Man braucht nur an einen jungen dynamischen Spezialisten zu geraten, und schon ist es aus, an irgendeinen jungen dynamischen Spezialisten für schwere Leberschäden zum Beispiel. Aus, vorbei. Da nützt einem die schönste Leber nichts.

Aber das schlechte Gewissen war da. Ich bin schuld. Ich habe ihn zum Trinken überredet. Ich hätte wissen müssen, dass so einer wie Elmar nichts verträgt. Knochig, sehnig, sportlich, keine Erfahrung mit Gemütlichkeit, das hätte ich wissen müssen. Da ich aber jede Erfahrung mit der Ungemütlichkeit so weit wie möglich ablehne, gebe ich meinem Schuldgefühl Bewährung. Was soll schließlich aus Elmar werden, wenn er wieder rauskommt aus dem Klinikum? Bei seiner labilen Psyche. Und körperlich, wer weiß, nicht einwandfrei? Was für eine Beschäftigung könnte ihn ausfüllen, ihm Halt geben? Wäre es da nicht eine kleine Wiedergutmachung meinerseits, etwas parat zu haben bei seiner Entlassung? Aber dazu muss man sich inspirieren lassen, das geht nicht einfach durch stummes Nachdenken.

Und so haben Puschkin, Placebo und ich beschlossen, uns in der Stadt ein bisschen umzusehen.

Und da Isabella, meine einstige Lebensgefährtin, nach dem letzten Vorfall das Türschloss auswechselte, hatte ich nicht nur Zeit, sondern auch den drängenden Wunsch nach einer neuen Unterkunft. Ganz ohne Diskussion konnte ich meinen Vorschlag, durch die Stadt zu wandern, allerdings nicht durchsetzen: »Ich habe euch doch die Geschichte erzählt, von Elmar und seiner Problematik. Vielleicht finden wir was für ihn, wenn er rauskommt, dass er wieder eine Aufgabe hat.«

Puschkin: »Aufgabe, Aufgabe, Aufgabe … Wie meinen Sie das, mein junger Held? Aufgabe. Soll er vielleicht aufgeben? Das wäre meine Empfehlung.«

»Nein, dass wir für ihn irgendwas finden. So eine Art Sinn des Lebens.«

Puschkin: »Warum? Er wird ohnehin nicht alt werden. Zu viel Energieverbrauch. Das ist wie bei den Gazellen und Bergziegen, immer am Laufen, daher kein langes Leben. Alligatoren, Schildkröten, Elefanten, die werden alt, bewegen sich nur, wenn sie müssen.«

Placebo: »Ja, mei, da werden wir schon was finden für den armen Teufel.«

Von hinten ruft der Achter zu uns rüber: »Ich bin fei a multiple Persönlichkeit!«

Puschkin: »Aber das wissen wir doch, Achter.«

Achter: »Möchtet ihr auch wissen, wer ich gerade bin?«

Puschkin: »Später, Achter, später. Wie war das noch mal? Sinn des Lebens? Ich kann ja noch mal nachsehen. Lazarett, Leasing, Leben. Das Leben widerspricht den Regeln. Na also!«

»Ja, toll, Puschkin, das hilft uns jetzt aber nicht weiter.«

Puschkin: »Aber mir. Ich muss in den Süden, dort wartet eine Frau auf mich. Aber gut«, sagte er streng, »dieses eine Mal, ich komme mit!«

So marschierten wir also los. Placebo kaufte sich noch einen Kamm. Weil den Viktualienmarkt verlassen und in die große weite Welt wandern, sprich durch andere Teile Münchens, das war für ihn wie das eigene Wohnzimmer verlassen. Wer weiß, was für Menschen da draußen leben, da sollte dann wenigstens die Frisur stimmen! Puschkin marschierte unerwartet zielstrebig voraus, blieb aber mit einem Mal stehen, schlug sein Büchlein auf wie einen Stadtplan, stutzte, wir stutzten mit, was ist los, dachte ich mir, er tut so, als seien wir schon seit drei Jahren am Pilgern und hätten uns jetzt in der Wüste Gobi verlaufen.

Wir waren aber erst zehn Minuten unterwegs. Plötzlich zeigt er mit der Hand auf den Boden: »Hier! Schon gesehen, die Pflastersteine direkt vor der Einfahrt? Ein wunderbares Grau. Herrliche Schattierungen. Und die

Musterung, völlig anders als der übrige Gehsteig, später klassizistischer Jugendstil!«

Puschkin war durchaus ein hilfsbereiter Mensch, da war ich mir sicher. Aber man merkte es nicht immer gleich, da er sich allzu leicht in seiner eigenen Welt verzettelte. Seine Hand deutete immer noch auf den Boden. Er hob missbilligend seine Augenbrauen in unsere Richtung: »Könnt ihr das erkennen?«

»Ja, Puschkin, das kann schon sein, aber wenn wir so weitermachen, wenn wir wegen so was vor jeder Einfahrt stehen bleiben, dann kommen wir nie bis nach Schwabing!«

Wir mussten schließlich alles erlaufen. U-Bahn ging ja nicht, für Puschkin musste alles ebenerdig sein. Schwabing, das war eine Idee von mir, weil da noch ein bisschen was los ist. Menschen, Begegnungen. Das ist es doch, was der Elmar braucht, wenn er wieder rauskommt. Und ich habe mir gedacht, dass wir für ihn vielleicht eine Anstellung als Schankkellner finden könnten, in einer Kneipe mit Fußballübertragung, da hätte er wenigstens noch eine Art von Sport.

Und um dieser Überlegung nachzugehen, setzten wir uns bei schönstem Wetter in Schwabing in ein Straßencafé.

Placebo: »Ich weiß nicht, ob ich mir das bloß einbilde, aber es gibt schon sehr viele schöne Frauen in Schwabing.«

»Geh, Placebo, was willst du denn mit denen?«

Placebo: »Ja, nix. Ich mein ja bloß, ist doch schön zum Anschauen.«

»Anschauen, anschauen. Da schau ich hin und dann? Geh ich heim. Wenn ich eine Halbe Bier sehe, sag ich auch nicht: ›Schön!‹, und geh weiter. Die will ich dann auch trinken!«

Placebo sieht mich lange ausdruckslos an: »Das muss ich jetzt aber nicht verstanden haben?«

Puschkin: »Interessanter Aspekt, mein junger Held. Das erinnert mich an Moses und die Geschichte mit dem Goldenen Kalb. Um das sind sie auch nur getanzt. Was sollten sie auch sonst machen, sie konnten es ja nicht mitnehmen!«

Placebo: »Das versteh ich wieder. Da sind sie ums Goldene Kalb herumgetanzt, und wenn der Mann heimkommt, fragt die Frau: ›Wo warste denn schon wieder?‹, und er sagt: ›Ja mei, bin halt noch ein bisserl ums Goldene Kalb herumgetanzt!‹«

»Placebo, es geht darum: Wenn du immer nur schaust, passiert nichts, du musst hingehen und reden!«

Placebo: »Nein, meine Devise war immer: Bevor ich was Falsches sage, bleibe ich lieber daheim. Außer mit meinem Ratschlag aus der Apothekenzeitschrift, weißt das noch? Schüchternheit besiegen durch eigene Vorstellungskraft. Das habe ich gestern wieder probiert im Englischen Garten. Da saß sie wieder, die 25-Jährige. Ich hab mich wieder hingesetzt und mir diesmal vorgestellt, sie ist 45. Merkst es? Ich bin schon besser geworden. Sie ist 45, und ich bin Dichter. Da habe ich gesagt: ›Ich bin kein Hengst, ich bin kein Stier. Wär gern ein Mensch, als Bär in dir.‹ Da ist sie wieder aufgestanden und gegangen. Aber mit so einem Blick, ich glaube, die will was von mir.«

Mit dem Gesicht zur Wand

Nach einer Weile wurde Placebo nachdenklich: »Gestern habe ich mir wieder gedacht, wenn alle Männer außer mir schwul wären, dann hätte ich vielleicht auch mal eine Chance!«

Fast traurig blickte er nach vorne, in unserem Straßencafé am Boulevard. Habe ich mir gedacht, es ist schon sehr wichtig in so einem Straßencafé, dass die Stühle locker in Richtung Straße ausgerichtet sind. Vor dir das Geschehen, hinter dir die Wand! So ist der Mensch angelegt.

Ich bin schon sehr oft im Lokal falsch gesessen. Da steht man zu acht um einen Tisch herum, ich werde gefragt: »Wo magst du sitzen?«, und ich sage: »Mir egal«, und kriege prompt den Trottelplatz. Und falsch sitzen kann einem alles verderben. Zum Beipiel zu acht an einem Sechsertisch.

Ich sitze dann immer an der Ecke, das Tischbein zwischen den Knien, links ist der Eingang, da zieht's rein, rechts das Klo, da stinkt's raus! Mit dem Elmar ist es mir auch schon passiert. In einem schummrigen Restaurant. Er sitzt natürlich an der Wand, hat das ganze Panorama vor sich. Ich sitze ihm gegenüber, sehe bloß eine cremefarbene Wand und seine sinnfreien Gesichtszüge. Eineinhalb Stunden dieses blasse Gesicht. Ich war direkt froh, als ich entdeckte, dass er Lippenherpes hatte. Ein kleiner Blickfang im grauen Allerlei. Wenn man da lange hinschaut, hat das fast etwas Meditatives, dachte ich mir.

Endlich was für Kinder

Als wir unsere Exkursion fortsetzten, kam mir beim Gehen der Gedanke, dass es bei dieser Wanderung vielleicht gar nicht um Elmar geht. Elmar und sein Schicksal, mein damit verbundenes Schuldgefühl, das sind vielleicht nur Dinge, die wir als Antriebsfeder für uns selbst brauchen. Damit irgendetwas passiert. Unsere Reise ist, ohne dass wir es bewusst wahrnehmen, eine Reise auf der Suche nach dem Glück. Natürlich ohne zu wissen, nach welcher Art von Glück wir suchen. Und die Menschen, die um uns herumströmen, dachte ich, ist das bei denen auch so? Nehmen die sich auch aus irgendeinem Grund etwas vor, weil sie alle etwas suchen? Eine Art von Glück? Flüchten wir vor der Angst, nicht geliebt zu werden?

Meine Überlegungen wurden jäh unterbrochen von einem dichten Getümmel und Gerempel an der Münchner Freiheit. Ein großes Familienfest fand dort statt, gesponsert von einer Krankenkasse, einem Getränkehersteller und den Stadtwerken. Vorbei an Buden, die mit Käse überbackene Vollkornfladen anboten, an Menschentrauben, die sich vor Glasbläsern und Holzschnitzern tummelten, sah ich in Spielplatznähe eine Hüpfburg, in der die darauf hüpfenden Kinder von mit Technosound aufbereiteten Discoschlagern angetrieben wurden. Am Rande des Geschehens landeten wir schließlich vor einer kleinen Freilichtbühne, auf der ständig neue Sensationen angekündigt wurden. Gerade schien der Zauberer ZAPPODINGSDA in bunter Fahrradhose, grell orangefarbenem mittelalterlichem Rüschenhemd und einer Art Sackkappe in leuchtendem Chemiegrün an seinem abschließenden Höhepunkt angekommen zu sein. Er demonstrierte in einem stakkatoartigen Redeschwall, den man sonst nur von jungen dynamischen Radiomoderatoren kennt, sein letztes Kunststück.

Links und rechts von ihm standen ein Junge und ein Mädchen, die einen Behälter mit einem Tuch darüber in der Hand hielten. Irgendwann rief er so etwas wie *Schrambulabimm* und lupfte die beiden Tücher. Im Glasbehälter des Mädchens befand sich ein rosa Stoffaffe, im Behälter des Jungen nichts. Großer Applaus der etwa dreißig Kinder, die auf den Zuschauerbänken saßen, bemühter Applaus der umherstehenden Eltern. Das war er, der große ZAPPODINGSDA!

Eine Weile starrten wir alle auf eine leere Bühne, irgendwann stellte ein Helfer einen Stuhl in die Mitte. Die Spannung stieg. Alles fragte sich, was jetzt wohl kommen mag. Ein etwa sechzigjähriger Mann mit Schnauzer, Bundlederhose und einem großen Buch in der Hand bestieg von der Seite die Bühne, setzte sich auf den Stuhl, ohne das Publikum zu beachten, und schlug das Buch auf: »So, liebe Kinder, jetzt kommen wir zu einem Märchen. Ich erzähle euch heute die Geschichte …«, dabei blätterte er wahllos in dem Buch von hinten nach vorne, »… vom Froschkönig. Es war einmal in einem fernen Land, da lebte ein König. Dieser König hatte eine Tochter, die gar hübsch anzusehen war. Dieses Mädchen spielte gar zu gern mit ihrem roten Ball im Schlosspark. Denn der König hatte ein Schloss, davor war ein Garten, das nannte man zu dieser Zeit Schlossgarten. Und in diesem Garten spielte die Tochter des Königs mit ihrem güldenen Haar und ihrem roten Ball. Also, sie spielte nur mit dem Ball. Das Haar war einfach so da. Sie warf den Ball hoch, fing ihn wieder auf, dann warf sie ihn wieder hoch und …«, man sah, dass er ein paar Zeilen übersprang, »… so ging das eine ganze Weile!«

Ab hier folgte unser Märchenonkel kaum noch den Zeilen, er begann immer mehr zu improvisieren. »Doch plötzlich war das Töchterchen etwas unkonzentriert, es verwarf sich, etwas zu hoch, so leicht schräg, der Ball bekam einen Drall und fiel tief in den Brunnen hinein. Ach herrje, dachte unser Töchterlein, ach herrje, mein schöner roter Ball im tiefen Brunnen, was soll ich denn jetzt machen?«

An dieser Stelle schwoll sein Kopf an, er versuchte sich zu beherrschen, ließ sein Buch ganz außer Acht und wandte sich direkt an sein junges Publikum: »Und da muss ich sagen, meine lieben Kinder, das hätte es bei uns damals nicht gegeben. Wir hätten uns da irgendwo eine Schnur geholt oder ein Seil, hätten es irgendwo festgebunden, wären runtergeklettert, den Ball unter den Pullover, wieder hoch, und der Käse wäre gegessen gewesen!«

Seine Wut steigerte sich: »Aber unser feines Königstöchterlein hat wahrscheinlich so dünne Arme, dass es sich am Seil gar nicht festhalten kann, weil sie das Wort Arbeit noch nicht mal buchstabieren kann, die verzogene Göre! Um elf Uhr morgens aufstehen, dann vier Stunden lang Haare kämmen, dann in den Schlossgarten gehen und Ball hochwerfen!« Immer lauter brüllte er von der Bühne. Den entsetzten Eltern zum Trotz fuhr er fort: »Das ist ein Tagesablauf. Danach ist unser verhätscheltes Prinzesserl wahrscheinlich erschöpft und müde und muss sich hinlegen. Weil essen wird sie ja eh nichts, dieses magersüchtige Zwitscherl!«

Ein ängstlich weinendes Kind aus der ersten Reihe lief in die Arme seiner Mutter. Der Erzähler tobte weiter: »Und der fette König hockt in seinen Gemächern, tut mit den Weibern umeinander und versäuft die Steuergelder von den armen Bauern, die froh wären, wenn sie einmal im Monat ein Stück Wurst zum Brot hätten!«

Voller Wut blätterte er vor zum Inhaltsverzeichnis. »Wer hat denn das geschrieben? Ach, die zwei, das hab ich mir gedacht.« Er schlug das Buch zu und fuhr brüllend fort: »Ja, und da ist dann noch irgend so ein depperter Frosch, der holt ihr den Ball raus, der darf dann bei ihr wohnen. Sie ekelt sich natürlich vor ihm, irgendwann wirft sie ihn an die Wand oder gibt ihm einen Kuss, oder was weiß ich, aus dem Frosch wird, Simsalabim, ein Prinz, und schon haben wir es wieder beinander. Wie es halt so ist im Märchen, ist doch lächerlich!«

Mit diesen Worten stand er wütend auf, knallte das Buch auf den Boden und verschwand in der Menge!

Ein durch und durch bayerischer Sozialist, dachte ich mir noch, als plötzlich Puschkin laut rief: »Auf, auf, Gefährten! Lasst uns den Zyklopen blenden gehen, auf dass wir uns im Fell der Schafe auf den Heimweg machen können!«

Um die umherstehende Bevölkerung nicht noch mehr

zu verunsichern, drängten wir uns aus dem Familienfest hinaus, ohne zu wissen, was Puschkin eigentlich meinte.

Messen im Vergleich

Ich fand später heraus, dass die Vergleiche mit der griechischen Mythologie bei Puschkin immer dann auftauchten, wenn er einmal etwas länger als gewöhnlich weg war vom Viktualienmarkt. Das war dann für ihn immer gleich eine Irrfahrt. Und wir mussten raten, was er wohl gemeint haben könnte mit seinem Vergleich. Beim Laufen sind wir dann draufgekommen. Unter Zyklop verstand Puschkin den Fernsehturm auf dem Olympiagelände.

Mir wurde klar: Das Olympiagelände ist auch nicht schlecht, vielleicht finden wir da eine Anstellung für den Elmar. Als Stadiongärtner. In dem verwaisten Stadion Rasen mähen. Immer nah am Geschehen, auch wenn nichts los ist. Wäre nicht schlecht. Oder Elmar als Bademeister in der Schwimmhalle. Bevor wir intensiver planen konnten, habe ich im Klinikum angerufen und erfahren, dass bei ihm auch noch leichte Lähmungserscheinungen in der linken Schulter festgestellt worden waren. Wahrscheinlich hat ihn so ein junger dynamischer Schlüsselbeinspezialist untersucht.

Aber gut. Jetzt waren wir schon mal da, auf dem Olympiagelände. Irgendwas ist dort immer los. Als wir ankamen, fand gerade eine Esoterik-Messe statt, die wir sogleich besuchten. Vielleicht wäre da was für den Elmar dabei, dachte ich mir. Eine spirituell-kosmische Bewusstseinserweiterung kann ihm auch nicht schaden.

Überall lagen Schachteln, Schnüre, Kugeln. Placebo war begeistert. Er ist nur noch als McGyver durchmarschiert. Leider nicht lange, denn es wurde plötzlich laut. Puschkin hatte den Herrn am Informationsstand aufs Wüsteste beschimpft. Manchmal wird er grundlos ausfallend: »Wie Sie schon dastehen, wie eine vollgeschissene Socke. Wer will da noch Informationen von Ihnen, so wie Sie dastehen. Da zeigt ja eine ausgewickelte Mumie mehr Haltung. Das reicht ja noch nicht mal zum Nachtpförtner im Krematorium Ostfriedhof. Wenn Sie mich fragen, hat man Sie von Anfang an mit der Nachgeburt verwechselt!« Dabei sah er ihn lange und strafend an, wandte sich um und meinte: »So viel von meiner Seite!«

Im Vorbeigehen grummelte er mir noch ins Ohr: »Manchmal bin ich taktlos glücklich!«

Eine Delegation von Ordnungshütern empfahl uns daraufhin, das Gelände doch besser von draußen zu besichtigen. »Zu wenig Anerkennung in der Kindheit, da wird man so was«, murmelte Puschkin noch beim Rausgehen.

Nach einem Moment der Ratlosigkeit stand Placebo an einer Litfaßsäule vor einem anderen Plakat: »Wartet's mal. Habt ihr gesehen? Da gibt's irgendwo auch noch eine Erotik-Messe. Sollen wir da vielleicht noch auf einen Sprung vorbeischauen? Bloß a Viertelstund oder so?«

Puschkin: »Ach, Placebo, waren wir da nicht gerade?«

»Puschkin, du hast wohl nicht aufgepasst. Wir waren doch nicht auf der Erotik-Messe. Hast du nicht geschaut?

Wir waren auf der Esoterik-Messe. Überall Schachteln, Schnüre, Kugeln und … obwohl?«

Mit einem Mal waren wir alle drei unsicher, welche Messe wir eigentlich besucht hatten. Wir ließen es offen. Auf dem Weg zurück in die Stadt gab uns jemand einen Handzettel in die Hand. Ist ja auch logisch, Handzettel in den Fuß wäre ja direkt blöd. Auf dem stand: »Acht Abendkurse, lerne Speating!«

Speating setzt sich zusammen aus speak und eat. Auf diesen Kursen lernt man, während des Essens zu reden. Vielleicht kann man einige schlechte Kindheitserlebnisse verarbeiten, zum Beispiel »du hältst dein Maul, wenn du isst« oder so was. Auf jeden Fall kann man neue Aufbaukurse belegen. Ich bin mir ganz sicher, dass dort sämtliche früher mit mir befreundeten Ehepaare rumsitzen.

Also nichts für uns drei. Und für Elmar ist ja auch nichts dabei, jetzt wo er auch noch links gelähmt ist. Ich war mir sicher: Er muss den Sprung schaffen, weg vom Sport, hin zur Kunst. Dass er mit der rechten Hand Bilder malen kann. Vielleicht steckt in ihm ein genialer Maler, und er weiß es nur nicht.

Leiber und Modelle

Um uns inspirieren zu lassen, sind wir gleich in die Alte Pinakothek gegangen und haben sämtliche Bilder begutachtet, immer unter dem Aspekt, was könnt er denn malen, der Elmar? Frans Hals, Rembrandt, Tizian?

Am längsten blieben wir stehen vor einem großen, einem riesigen Bild, vier mal sechs Meter oder sechs mal vier Meter, je nachdem, wie man es aufhängt. Das hat uns sehr begeistert. Peter Paul Rubens, das Jüngste Gericht. Endlich mal Leiber! Formen! So was sieht man ja gar nicht mehr. Nur mehr diese Models. Das ist so tragisch. Ich finde das fast gefährlich. Ich stelle mir immer vor, wenn so ein Model einmal zufällig draußen in der Natur rumsteht und das auch noch seitlich zu einem selbst, kann man leicht dagegen rennen, weil man es nicht sieht.

Wie die Mädchen sich quälen mit Magersucht, Bulimie, Drogen. Und dieser komische Stampfgang auf dem Laufsteg, oben immer ganz aufrecht, und unten trampeln die einem entgegen wie der Huber Bauer aus Untergriesbach. Da kriegt man doch Angst. Und das nennen die dann auch noch Catwalking, aber Entschuldigung: So stampft keine Katze auf.

Bei einer solchen Frau würde es mir doch niemals einfallen zu sagen: »Na, schöne Frau, wie wär's mit uns beiden?«

Aus diesem Grund standen wir begeistert vor Peter Paul Rubens' Jüngsten Gericht.

Selbst Puschkin schien recht angetan, meinte aber nach einer Weile skeptisch: »Etwas wenig grau. Aber insgesamt sehr rasant!«

»Ja, Puschkin, wenn du diese Prachtweiber siehst, denkst du da an deine Frau im Süden?«

Puschkin blickte mich entgeistert an: »Warum? Es hat keine Eile, die Dame kennt mich nicht. Sie weiß nicht, dass ich es bin, auf den sie wartet.«

Nachdem wir uns von diesen üppigen Frauen verabschiedet hatten, brachen wir auf zur neu errichteten Pinakothek der Moderne. Ich hatte zwischendurch wieder im Krankenhaus angerufen. Als ich zurückkam, rannte mir von hinten schon der Placebo entgegen.

»Ah, gut, dass du da bist. Du, da hinten haben sie eine ganze Halle mit Schrott. Musst mal schauen, vielleicht findest du ein Ersatzteil für Elmar seine Fitnessmaschine!«

»Langsam, Placebo. Der Elmar, ich hab angerufen, hat auch noch eine Nebenhodenentzündung. Wenn das so weitergeht, wird uns der noch blind. Und wir stehen hier rum und schauen uns Dreiklang-Glockenspiele an!«

Placebo: »Was hat er, hast du gesagt?«

»Nebenhodenentzündung.«

Placebo: »Was hat denn das mit blind zu tun?«

»Ich weiß es nicht! Das ist nur so ein Gedanke, verstehst du, da unten die Entzündung, geht langsam das Rückenmark hinauf, ab ins Kleinhirn, da macht's einen Wuckiwucki, und patsch, schon ist er blind!«

Placebo: »Wuckiwucki und patsch? Sag mal, was regst denn du dich eigentlich so auf?«

»Ich reg mich auf, weil ich mich schuldig fühle. Ich hab ihn zum Trinken überredet. Sonst tät er wahrscheinlich irgendwo rumsitzen, und wir müssten nicht sämtliche Pinakotheken ablaufen.«

In diesem Moment kam der fränkische Museumswärter daher. »Halloo? Sie, wer veranstalded denn da so ein Gebrülle? Sie, ich muss Sie bidden, a weng leiser zu sein. Aach wenns haaßt Binakodeg der Moderne, Sie sind hier nicht irchendwo. Wenn Sie sich schon unterhalden müssen, dann bidde in einem moderaden Don!«

Ich wollte mich natürlich sofort entschuldigen, aber von der anderen Seite kam schon wieder Puschkin, der hatte alles mitgekriegt. Er deutete auf den Aufseher und meinte: »Das wäre doch ein Beruf für unseren bettlägerigen Mittelständler.«

»Nein, nein, Puschkin, das wäre nichts für den Elmar, ich kann's dir erklären.«

Puschkin: »Ich brauche keine Erklärungen. Ich weiß schon, was wir tun. Für einen Menschen, den ich noch nie gesehen habe, soll ich einen neuen Fluchtweg entdecken. Am besten so, dass er es nicht merkt, den Fisch filetiert auf einem Silbertablett.«

Placebo: »Ach, Puschkin, das ist a Schmarren, was du erzählst. Du machst einen Denkfehler, das ist anders. Wir tun ihm einen Gefallen, das ist der Unterschied. Das ist wie beim McGyver, der hat auch nicht gefragt warum, der hat gesagt, gebt mir eine Schnur oder eine Streichholzschachtel und dann passt's schon.«

Aber Puschkin baute sich schon vor dem fränkischen Museumswärter auf: »Mit welchem Recht reglementieren Sie Menschen?« Ich habe genau gewusst, was Puschkin vorhatte. Der wollte den so fertig machen, dass er den Beruf wechselt, an dessen Stelle dann Elmar treten soll. So weit kenne ich ihn schon.

»Mit welchem Recht reglementieren Sie Menschen, können Sie mir das sagen?«

Museumswärter: »Na, horchen Sie mal, das ist mein Beruf!«

Puschkin: »Vordergründig, mein Lieber, vordergründig. Soll ich Ihnen mal was sagen? In Wirklichkeit wollen Sie Macht ausüben, Macht über Menschen, die wegen einer Kunst kommen, von der Sie keine Ahnung haben, um damit Ihre komplett bildungsfreie Vergangenheit zu vertuschen. Wahrscheinlich sind Sie im Heim aufgewachsen oder bei einer Mutter, die getrunken hat. Ihren Vater haben Sie nie gekannt, und jetzt stehen Sie hier und täuschen uns ein falsches Selbstbewusstsein vor. Und wollen uns etwas erzählen über Lautverschiebung und Phonetik? Soll ich Ihnen was sagen? Gehen Sie heim! So viel von meiner Seite.«

Als Puschkin wieder zu uns kam, belehrte ich ihn: »Puschkin, das hätte es nicht gebraucht. Der Elmar wird hier nicht arbeiten können, weil er demnächst blind ist. Und als Blinder arbeitet man bekannterweise nicht als Aufseher.«

Da war es schon zu spät. Voller Resignation zog der Museumswärter seine gesamte Uniform aus. Jacke, Hose, Mütze, warf alles an eine Büste von Gustav Hans Strümpel und ging langsam in Unterwäsche Richtung Ausgang. Großes Aufsehen bei den Besuchern, für die das natürlich Aktionskunst war. Hinter der Büste von Gustav Hans Strümpel tauchte das halbe Gesicht von unserem Freund Achter auf: »Jetzt war ich grad der Max Schmeling, habt ihr schon gemerkt, oder?«

In etwas gedrückter Stimmung liefen wir Richtung Innenstadt. Da stoppte uns Placebo mit einem Zettel in der Hand: »Also, jetzt passt mal auf. Falls wir für den armen Teufel wirklich nichts finden, habe ich schon mal eine Anzeige aufgesetzt. Vielleicht nutzt die was. Also: ›Wir suchen gutbezahlte Arbeit für blinden, bettlägerigen Leichtathleten mit Diabetes, einer Niere und wenig Nebenhoden.‹«

Zwischen Scylla und Charybdis

Das war ungefähr der Zeitpunkt, an dem ich das Gefühl hatte, ich bin nicht mehr ganz der, der ich gern wäre. Da rückte so ein kleines inneres Ich auf die Seite. Jetzt waren wir ausgerechnet noch in der Fußgängerzone gelandet. Kein gutes Umfeld für Puschkin, hätte ich wissen müssen, aber jetzt waren wir schon da. Wie der die ganzen Läden gesehen hat... ich hatte schon Angst, der kollabiert.

Puschkin: »Was ist das hier? Was will mir diese Stadt damit sagen? Schuhe, Schmuck, Taschen, Parfüm, Parfüm, Taschen, Schuhe, Schmuck. Diese Stadt kann mich nicht meinen. Wahrscheinlich war es Poseidon, wir befinden uns bereits zwischen Scylla und Charybdis, wenn nicht bereits im Totenreich.«

Mit diesen Worten bewegte sich Puschkin auf einen Informationsstand einer freien kirchlichen Gemeinde zu. »Ah...«, Puschkin beugte sich hinab und roch am Tisch: »... der Geruch ... den Geschmack von dem Geruch hätte ich gerne, ohne was zu essen. Zeus ist auf unserer Seite, ein roter Schein weist uns den Weg!«

Ich wollte schon sagen, Puschkin, hör mir auf mit deinem Odysseus, ich bin schon selber nicht mehr der, der ich gern wäre, aber Placebo klärte mich auf. »Also, mit roter Schein, das weiß ich schon, meint er die Nachtclubs in der Schillerstraße. Da muss ich manchmal mit ihm hin!«

Dort angekommen, standen wir vor einem Schuppen namens »Red Piano«. Puschkin befahl uns, Wachs in die Ohren zu stopfen und ihn festzuhalten. Wachs hatten wir keines, aber festhalten mussten wir ihn, und er wehrte sich: »Lasst mich los! Hört ihr nicht den lieblichen Klang der Sirenen? Ich muss da rein, auch wenn sie mich vernichten, ich muss da rein!«

Eine Kraft hat der auf einmal gehabt! Hinter einer Hauswand tauchte noch der Achter auf. »Jetzt wär ich grad die Marlene Dietrich, soll ich mich nackert ausziehen?«

»Nein, jetzt nicht, Achter«, meinte ich ringend mit Puschkin, »da hast du keinen guten Zeitpunkt erwischt!«

Das zweite Ich

Und wie es halt so ist im Leben, dass alles auf einmal zusammenkommt, lief auf der anderen Straßenseite ein Mann, der genauso aussah wie ich. Das ist mir überhaupt noch nie passiert. Man sieht ja öfters irgendwelche Menschen, die einem Prominenten ähneln. Wenn man zu zweit ist, dann macht man gerne mal einen Scherz und sagt: »Schau, da ist der verschollene Bruder von Mario Adorf, wieso läuft der Richtung Bahnhof?« Oder: »Der heißt nicht bloß Johnny, das ist auch noch ein Depp!« Da hat man halt einen Spaß gemacht.

Aber in dieser Situation war ich sowieso ziemlich verwirrt und war auf einmal davon überzeugt, da vorne laufe ich, und mich gibt's gar nicht. Ich ging mir also hinterher und studierte mich: »Aha, so gehe ich also.« Auf einmal ist der achtlos an einem Bettler vorbeigegangen. Das kenne ich von mir auch. Natürlich nur, wenn ich weiß, ich habe kein Kleingeld. Ich habe dem dann einen Euro gegeben, habe ihm aber gesagt, der ist nicht von mir, sondern von dem da vorne, weil mich gibt's gar nicht. Das hat er nicht kapiert und ich auch nicht. Ich immer hinter meinem zweiten Ich her.

Plötzlich sind wir durch eine Türe gegangen, über der ein Schild angebracht war: *Institut für individuelle Lebensberatung*.

Ein endlos langer Gang. Links und rechts führten Türen zu Beratungsräumen: Sport, Politik, Kultur, Freizeit, Wirtschaft. Ich folgte mir in die Religionsberatung, und da saß auch schon eine freundliche Religionsberaterin.

Religionsberaterin: »Guten Tag, was kann ich für Sie tun?«

Zweites Ich: »Ja, grüß Gott, schauen Sie, folgende Situation. Ich bin jetzt seit über vierzig Jahren katholisch. Nicht, dass es mir nicht gefällt. Maria, Beichte, Weihwasser, einwandfrei. Pilgern, Altötting, frische Luft, man hat ein Ziel. Aber wissen Sie, insgesamt ist mir in letzter Zeit a bisserl fad geworden.«

Religionsberaterin: »Möchten Sie denn zu den Protestanten übertreten?«

Zweites Ich: »Was, zu den Sozis? Haha. Nein, so hart wollte ich das nicht angehen. Ich hab da mal eine Frage, ich weiß ja nicht, ob es stimmt, aber ich hab gehört, bei den Moslems hat man irgendwie mehrere Frauen?«

Religionsberaterin: »Ja, wie soll ich sagen, im Islam gibt es unter gewissen Voraussetzungen ...«

Zweites Ich: »Nicht wahr, da hab ich mich also nicht verhört. Schauen Sie, da wär ich interessiert.«

Religionsberaterin: »Langsam, langsam. Da haben Sie natürlich auch Auflagen.«

Zweites Ich: »Auflagen hat man überall.«

Religionsberaterin: »Also, Sie müssen beten.«

Zweites Ich: »Kann ich.«

Religionsberaterin: »Auf einem Teppich.«

Zweites Ich: »Hab ich.«

Religionsberaterin: »Das Ganze dann Richtung Mekka.«

Zweites Ich: »Sagt mir jetzt nichts.«

Religionsberaterin: »Und das Ganze dann fünfmal am Tag.«

Zweites Ich: »Ja, freilich, haha. Fünfmal am Tag, so weit kommt's noch. Sie, dass wir zwei uns da jetzt nicht missverstehen. Ich dachte eher so an einen gemäßigten Flügel.«

Religionsberaterin: »Ja, dann kein Alkohol.«

Zweites Ich: »Das ist gut. Mein Arzt hat auch gesagt, ich soll jetzt langsam mal a bisserl ... Vielleicht abends zwei, drei Bier und a paar Schnäpse, aber dann ist es gut.«

Religionsberaterin: »Dann kein Schweinefleisch.«

Zweites Ich: »Schauen Sie, jetzt, glaube ich, reden wir zwei a bisserl aneinander vorbei. Haben Sie mir nicht zugehört? Ich sagte gemäßigter Flügel. Wichtig wär mir das mit den Weibern. Wo wir grad dabei sind: Wie schaut denn das eigentlich aus mit Wiedergeburt?«

Religionsberaterin: »Das ist eine andere Abteilung. Da gibt es verschiedene Möglichkeiten, wir haben den Hinduismus.«

Zweites Ich: »Den Hindu... was?«

Religionsberaterin: »Das ist vielleicht für Sie nicht so günstig, da kommt es ein bisschen darauf an, wie man gelebt hat. Da kann es passieren, dass man als Wurm wieder auf die Welt kommt.«

Zweites Ich: »Reden Sie mit mir? Meinen Sie mich? Ich als Wurm, dass mich meine Urenkel in der Mitte auseinanderreißen?«

Religionsberaterin: »Wie gesagt, ist vielleicht nicht so günstig. Da hätten wir noch den Dalai Lama.«

Zweites Ich: »Ach ja? Was macht der?«

Religionsberaterin: »Da haben Sie auch Wiedergeburt, und Sie dürfen im Grunde genommen alles, aber es ist alles nicht mehr so wichtig.«

Zweites Ich: »Das ist es! Das ist gut, schreiben Sie das auf, das gefällt mir. Jetzt lesen Sie's mal vor, was haben wir denn alles?«

Religionsberaterin: »Ja also, wenn ich kurz zusammenfassen darf. Das wäre Maria, Weihwasser, Altötting, nach wie vor.«

Zweites Ich: »Nach wie vor! Wenig Alkohol, hab ich mir gemerkt.«

Religionsberaterin: »Dann Wiedergeburt, mehrere Frauen und alles nicht mehr so wichtig.«

Zweites Ich: »Genau meins. Schnüren Sie mir das Paket

in Ruhe zusammen. Hier haben Sie meine Karte. Schicken Sie's mir zu. Ich muss schon wieder aufs Klo. Zum Spaß hätte ich Sie ja noch fragen können: Wo kann man denn hier mal austreten? Hahaha. Sind wir doch noch zusammengekommen, wir zwei. Ich hab schon immer gesagt, Religion muss sein wie ein Hefeteig, wenn die Mischung stimmt, geht's auf. Wiederschauen.«

Werdende Rotweinkenner

Und am Schluss habe ich dann gemerkt, dass er doch nicht ich ist. Ich war wieder geheilt. Das ist mehr so ein Spaßvogel. Bestenfalls ist er so, wie ich manchmal befürchte, von anderen gesehen zu werden. Damit muss man leben.

Beim Rausgehen aus dem Institut habe ich noch mal eine falsche Tür erwischt. Ein erschreckender Anblick traf mich. In einem kahlen Raum standen neun Männer mit Sektgläsern in der Hand, und alle blickten sie flehend, hoffnungsvoll in meine Richtung. Als ich gehen wollte, sprach mich der anzunehmende Vorsitzende an: »Warten S'. Möchten S' nicht mit reinkommen? Dann wären wir zu zehnt. Wir haben uns grad frisch gegründet, wir sind der Verein der vergessenen Generation. Schauen S' uns an, wir sind alle genau zwischen 40 und 65 Jahre alt, also in dem Alter, wofür sich die Öffentlichkeit überhaupt nicht interessiert. Die Jungen sind interessant, ja, die wollen *noch* was erleben, die Alten, die wollen *wieder* was erleben. Aber wir sind keine Zielgruppe, für nichts und niemanden, ist Ihnen das nicht aufgefallen? Die Industrie interessiert sich nur für die Ouvertüre und das Finale des Lebens. Uns wollen s' abspeisen mit Baumärkten und Bierwerbung. Wollen S' nicht mitkommen? Wir haben uns so viel vorgenommen. Nächste Woche wollen wir Rotweinkenner werden, dann können wir uns über Rotwein unterhalten. Wir haben sogar schon ein eigenes Lied.«

Und schon fingen alle an nach der Titelmelodie des Films *Der Ozeanpianist* zu singen:

»San nimmer jung und no ned oid,
so mittendrin, da ist so koid.
Wir alte Buam,
im Schrebergarten,
graben unser Gruam
und müssen warten.«

Sie wiederholten diese sechs Zeilen und gingen lauter werdend auf mich zu, ihre Gesichtszüge verformten sich diabolisch, Schweiß perlte mir über die Stirn, ich kam mir vor wie in *Rosemaries Baby.* Zitternd rüttelte ich an der verschlossenen Türe und rief laut in Todesangst: »Ich will nicht, ich will in keinem Verein dabei sein, noch nie, auch bei euch nicht!«

Da spürte ich ein Tätscheln an meiner linken Wange und hörte eine beruhigende tiefe Frauenstimme: »Jetzt wach schon auf, mein Kleckerbärchen, du musst doch nirgends dabei sein, wenn du keine Lust hast!«

Als ich die Augen öffnete, saß ich auf dem Schoß einer barocken Rubens-Frau im »Club Red Piano«.

Zurück im Leben

Placebo hat mich später aufgeklärt. Ich muss tatsächlich einem Mann hinterhergelaufen sein und gegen eines dieser Anwohnerlizenzparkschilder gedonnert sein. Das kann leicht passieren, die sind nämlich genau auf meiner Stirnhöhe. Puschkin und Placebo haben mich dann bewusstlos in diesen Club hineingeschleift, und so saß ich also auf dem Schoß dieser barocken einfühlsamen Rubens-Frau. Mein Kopf lehnte an ihrem Busen, und als ich aufwachte, sah ich in ihre sinnlichen Augen und erinnerte mich sofort an Puschkins letzte Worte, als er von den Sirenen sprach, die uns vernichten werden. Warum nicht, dachte ich in meiner Lage.

»Isch bin de Schanette!«, meinte sie in breitem Rheinisch.

Ich lächelte, sagte noch: »Sehr nett«, richtete mich auf, trank mit ihr einen Schluck Sekt und versuchte mich zu orientieren.

Alles war in schummriges Rotlicht getaucht, vorne rechts ein kleines Tanzpodest, auf dem sich eine schwarzhaarige Lady in Leuchtunterwäsche um die Stange räkelte, ein Gast saß davor, links die Theke, ein paar Damen, nette Atmosphäre, weiter vorne links die Couchecke, wo sich, schwer erkennbar, ein weiterer Gast von mehreren Frauen verwöhnen ließ.

»Du suchst sischer deinen Freund! Puschi, dein Kumpel is wieder ausm Totenreich zurück!«

Unter dem Berg von Frauen wurschtelte sich Puschkin

hervor. »Aaaah, mein junger Held. Wie Sie sehen, habe ich mich getäuscht. Es waren nicht die Sirenen, es ist Circe, die uns beherbergt. Sie hat all die Freier in Schweine verwandelt!« Dabei deutete er auf all die leeren Sessel.

»Wenn der Puschi kommt«, bestätige Schanette, »schmeiße ich alle andern naus. Der hat uns scho so viel geholfe, da gönne wir uns des!«

Ein ganz ausgefuchster Hund ist das, der Puschkin, dachte ich mir.

Von hinten kam Placebo angelaufen und strich sich die Haare glatt: »Ah, bist jetzt endlich aufgewacht? Jetzt pass auf, jetzt zeig ich dir was. Da schau mal, die Frau, die auf der Bühne an der Stange tanzt, siehst die? Und, was sagst? Ich weiß nicht, ob ich mir das bloß einbilde, aber ich glaub, die gefällt mir!«

»Langsam, Placebo!«, sagte ich. »Tipp von mir: Keine Frau von der Stange!«

Und so hat sich das Ganze, wie soll man es beschreiben, dann doch noch zu einem kleinen Umtrunk unter Freunden entwickelt.

Als es dämmerte, nahm Puschkin sein Buch: »Es wird Zeit. Ich muss in den Süden, dort wartet eine Frau auf mich!«

Da das »Red Piano« nahe am Hauptbahnhof war, standen wir schon bald vor den Bahnsteigen und warteten auf Placebo. Der kam nach einer Weile vom Schalter mit einem für ihn wichtigen Zettel in der Hand. »Also passt auf, er hat mir das genau erklärt. Wenn ich Kinder hätte und wir eine Gruppe wären und wir vor 14 Tagen mit Bahncard 25 und Zugbindung vorreserviert hätten, wären wir relativ günstig weggekommen. Hätten wir schon vor vier Jahren vorreserviert, hätten wir sogar noch was rausgekriegt. Aber heute so spontan, hat er gemeint, ist es praktisch unmöglich!«

Aber Puschkin wäre sowieso niemals in einen Zug eingestiegen.

»Was ist das hier? Schienen und Gleise, Entzug der freien Entscheidung. Gleise binden. Ich muss weg hier.«

Auf einmal sauste er raus, wir hinterher auf den Vorplatz, zum großen Busbahnhof. Und wie es der Zufall will, stiegen in einen Reisebus gerade so um die sechzig ältere Damen ein.

Puschkin war begeistert: »Ist das nicht herrlich, dieses Grau? Das ist mein Bus!« Und er setzte sich in Bewegung.

Placebo wollte ihn aufhalten: »Puschkin, langsam, das sind doch alles alte Weiber!«

Puschkin: »Kunst hat viele Gesichter.«

Und so stellte sich Puschkin direkt hinter den Busfahrer.

Das Leuchten in Puschkins Augen

Und ihn fragte Puschkin sofort: »Fahren Sie Richtung Süden?«

Busfahrer: »Ja freilich, zum Dörggelen. Nach Südtirol, der Sonne entgegen.«

Puschkin: »Die Richtung stimmt.«

Dem Busfahrer kam die Stimme bekannt vor. Er drehte sich um: »Sagen S' a mol, Sie sind doch der, der mich im Museum so z'sammbutzt hat. Sie, ich müsste mit Ihnen eigentlich a weng beleidigt sein. Aber ich sag Ihnen was, ich bin Ihnen direkt dankbar dafür. Das ist genau meins, im Bus mit a Haufen Leut in die Berg nei und danach der Sonne entgegen. Wissen Sie, der Franke an sich braucht a weng sein Bados!«

Puschkin: »Sie meinten wahrscheinlich Pathos, aber das macht ja nichts. Hier, mein junger Held«, sagte er und reichte mir sein Buch. »Ich werde ein neues schreiben.«

Er übergab mir sein Buch, bewegte seine rechte Schulter und richtete sich erstmals befreit auf.

Puschkin: »Placebo, wir sehen uns.«

Placebo: »Ja, Puschkin, wenn nicht hier, dann irgendwo.«

Dann stieg Puschkin tatsächlich in den Bus zu diesen sechzig älteren Damen, er verweilte noch einen Moment in der Tür und rief hinein:

»An die Ruder, Gefährtinnen, auf nach Ithaka!!«

Man sah durch die Scheiben hindurch das Leuchten in Puschkins Augen, als er durch das Grau hindurchmarschierte. Bis ganz nach hinten, auf den letzten Platz, Nummer 52. Er setzte sich, lächelte eine Dame neben sich an, und weg war er.

Hinter dem Bus tauchte der Achter auf: »Jetzt war ich grad die Inge Meysel, habt's fei schon gemerkt.«

Er war nicht nur Inge Meysel, er war auch noch Gustav Heinz Strümpel, jener Bildhauer aus der Pinakothek der Moderne. Und damit war er endlich ein echter Achter, wie er immer genannt wurde. Da muss in ihm ein Knoten geplatzt sein, denn seit der Zeit kann man sich mit dem Achter am Stehtisch auf dem Viktualienmarkt bestens unterhalten. Angenehme Gespräche mit Niveau, Anspruch, Humor, Hintergrund und dem ganzen anderen Zeug. Nicht nur zu dritt, auch zu zweit, und das ist wichtig, weil Placebo immer öfters auf einer Parkbank neben einer 25-Jährigen sitzt. Sie scheint sich an ihn gewöhnt zu haben. Eine Parkbankbeziehung, nicht mehr, aber auch nicht weniger. Und dem Elmar geht's so weit wieder ganz gut. Er humpelt noch etwas, musste irgendwann aus dem Klinikum Großhadern flüchten. Zu viele junge dynamische Spezialisten. Aber er hat wieder Mut gefasst, denn er hat eine Lehrstelle angetreten, eine Fachausbildung in der Schraubenzentrale.

Und ich habe seitdem oft über den Buchtitel nachgedacht. Um was geht's eigentlich? Das Schönste steht am Schluss: Er stieg in den Bus, ging bis ganz hinten durch und setzte sich auf Platz 52. Da lernte er eine Frau kennen, ihr Name war Elfriede, er nannte sie Penelope.

Zurück zum Straßenfest

Wenn Mütter jubeln

Bis man hier mal zum Nachdenken kommt. Aber mit dem Ranftl Sepp an meiner Seite klappt's ganz gut. Er nuschelt vor sich hin, und ich gebe Antworten. Er singt, spielt, manchmal summt er auch nur. Ich ertappe mich beiläufig beim Mitsummen. Kinder laufen lachend und quietschend um die Tische. All das stört mich seltsamerweise nicht. Es ist eine Geräuschkulisse, die mich eher beflügelt. Vergangenes erfüllt meine Gedanken. Ein fast angenehmer Zustand. Aber man muss seinen Platz erst einmal finden. Vorhin saß ich noch auf der anderen Seite des Garagenvorplatzes auf einer Bank neben dem Mütterstammtisch. Zu nah, um wegzuhören. Drei Mütter, drei Schulen: Montessori, Waldorf, städtisch.

Erste Mutter: »Also ich bin ja mit dem Kevin so zufrieden, der hat sich wirklich entwickelt. Letztes Jahr noch die Probleme, das hab ich euch ja erzählt, mit dem Logopäden und all das, da hab ich mir schon gedacht, ob das … nun gut aber jetzt, dieses Jahr, da hat der einen Schub gemacht, also nach vorne, da hat der einen solchen

Schub gemacht, die Frau Deuxel-Kobold, also die Lehrerin, meinte, natürlich spaßhaft, wenn der so weitermacht, dann kann er sie das eine oder andere Mal durchaus vertreten, hihihi!«

Dritte Mutter: »Ja, und dem Leon geht's jetzt auch besser in der Klasse, der hat doch jetzt die neue Klassenlehrerin, mit der alten vom letzten Jahr konnte er ja überhaupt nicht, ich meine, dass er ein Zappelphilipp ist, weiß man ja, aber die konnte damit überhaupt nicht umgehen, aber die Neue hat eine ganz andere Art, die strahlt da was in die Klasse aus, die Klasse strahlt zurück, und Leon macht auch mit!«

Meint die zweite Mutter: »Hab ich euch schon erzählt, Angelina hat ein Bild gemalt.«

Die beiden anderen Mütter blicken sie mit einem eingefrorenen Lächeln schweigend an.

»Angelina, die Kleine, die hat ein Bild gemalt!«

Abwechselnd wiederholt sie dieselben Worte noch einmal an jede Mutter mit steigernder Euphorie: »Die hat ein Bild gemalt! DIE HAT EIN BILD GEMALT! Mein Mann und ich haben uns die Hände über den Köpfen zusammengeschlagen, wir waren so begeistert, die kleine Angelina, in dem Alter, ein solches Bild!«

Die Mütter nicken ihr mit eingefrorenem Lächeln unaufhörlich zu, wissen gar nicht, was sie sagen sollen, und denken sicher: Ja, wir haben's gehört, deine kleine Tochter hat ein Bild gemalt, und so begeistert wie du bist, wirst du es uns wahrscheinlich gleich zeigen!

»Ich hab's dabei, wollt ihr's sehen?«, jubelt die zweite Mutter und fängt an, in ihrer Tasche zu wühlen.

Ich habe das Bild nicht gesehen, da ich schon aufgestanden war. Ich vermute, das Bild zeigt ein Haus, einen Baum, ein Auto, ein paar Männchen, unten am Bildrand eine Wiese, oben die Sonne.

Laster am Arm

Mit den verkohlten Käskrainern im Magen mache ich mich auf den Weg Richtung Ranftl Sepp, da ist mein Platz, denke ich, da werde ich jetzt andocken. Drei Schritte vor meinem Ziel packt mich von hinten der Würth Reinhold am Arm. Ein cholerischer Frührentner, völlig unausgefüllt, hochengagiert, Mitglied in allen möglichen Vereinen, nervt jeden, der in seiner Nähe ist. Außerdem ist er einer von den Menschen, die glauben, alles mit Zahlen und Statistiken erklären zu können.

Er zieht mich hastig zwei Schritte zurück, fuchtelt mit seinem anderen Arm wild in Richtung Garten gegenüber: »Da, geh amal her, schau amal da rüber, siegst du die Blumen da drüben? Ha, siegst du die Blumen? Herrliche Blumen, ha?«

Sein bebender Schädel nähert sich dem meinem: »Weißt du, wie viele Blumenlaster jedes Jahr von Holland nach Deutschland kommen, ha?«

»Keine Ahnung!«

»460 000 Blumenlaster jedes Jahr von Holland nach Deutschland! Da frag ich dich …«, sein ganzer Körper bebt, sein Arm fuchtelt in Richtung Garten, »… und da frag ich dich, ham mir Blumen oder ham mir keine Blumen, ha?«

Ich antworte wie in Trance: »Mir ham Blumen!«

»Siegstas.« Er zieht mich verschwörerisch zu sich und bröselt mir seine feuchte Aussprache ins Ohr: »Siegstas, du verstehst mich, du bist auf meiner Seite. Verstehst du, das wäre mal ein Thema, da sollten sich die in Brüssel mal drum kümmern, aber wenn du mich fragst, das ist so ein Thema, da traut sich wieder keiner ran!«

Von mir kommt nur noch ein leises, apathisches: »Ja, ja.«

In diesem Augenblick stolziert Dr. Manfred Portzner von der anderen Seite heran: »Aaahhh, der Reinhold Würth, hat schon wieder ein Thema, was? Hahaha.«

Portzner links, Würth Reinhold rechts, und ich dazwischen, das ist nicht der Platz, wo ich stehen bleiben wollte.

»Hat schon wieder ein Thema, sag mal, Reinhold, hab ich da vielleicht was von Lastern gehört? Ja? Ich sage immer, wir Menschen möchten von den Folgen unserer Laster befreit werden, aber nicht von unseren Lastern selbst, hahaha!«

»Sehr gut, Herr Dr. Portzner«, meint der Würth Reinhold hektisch, meinen Arm immer noch fest im Griff. »Das haben Sie wieder was gesagt«, wird er plötzlich hochdeutsch, »um nicht zu sagen, da haben Sie ein Fass aufgemacht. Aber ich sage Ihnen was, Herr Dr. Portzner, das ist auch so ein Thema, an das sich wieder keiner rantraut! Aber Sie kennen sich halt aus, Sie sind ja ein internationaler Mensch!«

»Ja, das stimmt allerdings«, meint Portzner, geht einen Schritt nach vorne und setzt seinen weltmännischen Blick auf, »ich bin schon viel rumgekommen, wenn Sie das meinen. Mosambik, Angola …!«

Jetzt, denke ich mir, musst du auch mal was sagen: »Ah, Afrika!«

»Ja«, meint Portzner lächelnd, »ich sag ja immer Deutsch Südwest, oder halt, nein, das ist ja schon Namibia, Deutsch Ostafrika, so ist es, aber egal, Kolonie bleibt Kolonie, haha!«

Das ist das Stichwort für den Würth Reinhold, er löst seinen Griff von meinem Arm und widmet sich ganz dem von ihm so verehrten Portzner, und ich kann mich endlich neben dem Ranftl Sepp niederlassen.

Reichsmark im »Hahnhof«

Ich kenne nicht jeden aus der Straße. Das liegt daran, dass manchmal jemand stirbt. Und dann gibt's eine Erbengemeinschaft, die streitet dann, oft lang, das Haus steht leer, es zerfällt, und dann wird irgendwann im Eiltempo ein modernes Vierfamilienhaus hingestellt, in dem dann Notare, Unternehmer und Tierärzte aus Diepholz, Bottrop oder Soest wohnen. Die sind sicher alle sehr nett, aber ich kann mich nicht um jeden kümmern.

Gerade summen wir »La Paloma«, als ich merke, wie sich Herbert wie von der Tarantel gestochen aufrichtet und zu den Tierärzten und Unternehmern blickt: »Sag amal, hat der da einen Laptop?«

»Herbert!«, rufe ich ihm beschwichtigend zu.

»An Laptop am Straßenfest? Dem hau ich heut noch eine rein! Des gibt's ja wohl nicht. Was macht er denn da?« Er wird laut: »Machen wir wieder Börsengeschäfte? Ha? Schweineschultern verschachern, aber beim Schlachten nicht zuschauen können?«

Herbert nimmt einen tiefen Schluck vom billigen Rotwein, sinniert vor sich hin und beginnt ein Selbstgespräch: »Reg dich nicht auf, Herbert, du bist ja sowieso der größte Depp. Da machst den ganzen Tag Weinprobe mit irgendwelchen Leuten, dann sperrst du besoffen deinen Laden zu, und was machst du in deiner Freizeit? Hockst dich wieder unter die gleichen Leute. Zum Dank schenken sie dir so einen greisligen Trollinger ein!« Sagt es und leert das Glas in einem Zug. Seine Augen haben plötzlich diesen sentimental-glasigen Blick, den ich von früheren gemeinsamen Abenteuern her kenne.

»Die Menschen sind überall gleich, Herbert, reg dich nicht auf...«

Eine Träne rollt über seine Wange: »Außer dir, Vater, du warst anders. Du hättest einfach noch nicht sterben dürfen. So schöne Geschichten hast mir immer erzählt. Ich hab sie ja oft noch gar nicht verstanden, weil ich zu klein war, aber das war mir egal, du hast sie einfach schön erzählt!«

Auf einmal lacht er in sich hinein.

»Ich weiß noch genau, wie du diese Kiste im Keller gefunden hast, mit den alten Geldscheinen, alles Reichsmark. Und bei deinem Stammtisch im Hahnhof mit deinen Kriegskameraden, da bist du auf dem Weg zum Klo zum Kellner gegangen, hast ihm 100 echte Mark gegeben und ihm gesagt: ›Ich zahle Ihnen nachher mit 100 Reichsmark, und Sie geben mir, ohne mit der Wimper zu zucken, echtes Geld raus.‹ Und das hat er gemacht. Und deine Kriegskameraden hätten fast einen Herzinfarkt gekriegt, als du sie fragtest, ob sie nicht wüssten, dass die alten Scheine seit dem Ersten Ersten wieder gelten. Die haben ja damals ihre alten Scheine säckeweise weggeschmissen!«

Wehmütig lachend sitzt er da, der Herbert, hat sich aus seinem Stimmungstief selbst herauserzählt. So mag ich ihn.

Kevin folgt nicht

Eine der Mütter steht plötzlich suchend da, ruft: »Kevin! Kevin!«, sieht ihn, bleibt aber stehen und ruft weiter: »Kevin, kommst du bitte mal her! Kevin, KOMMST DU BITTE MAL HEHER! KEVIN!« Nichts nutzt, Kevin hört nicht. Sie muss selbst zu ihm marschieren. Und das tut sie, entschlossen, mit gelernt stolzem Gang, wohl wissend, dass die Aufmerksamkeit auf ihr ruht, nimmt seine Hand, zieht ihn vom Grill weg und beginnt zu belehren: »Kevin, was haben wir beide ausgemacht? Wir haben ausgemacht, wenn wir hierher gehen, dann muss es genügen, wenn ich dich einmal rufe, und dann kommst du. Das haben wir beide so ausgemacht. Das hat doch seinen Grund, wenn ich dich rufe. Das ist doch gefährlich am Grill!« Weil der Herbert immer noch am Lächeln ist, will der kleine Kevin zu ihm gehen, die Mutter zieht ihn weg: »Und lass die Männer in Ruhe, die wollen für sich sein!« Was in diesem Fall gar nicht stimmt, weil der Herbert Kinder mochte. »Wie heißt er, Keffin?«, ruft Herbert laut zu den beiden hinüber, »Keffin, da komm amal her, kriegst was von mir!« Er kramt etwas Kleines aus der Hosentasche heraus. Kevin rennt hin. »Da schau her, Keffin, magst einen Schnupftabak?«

Daraufhin streut er ihm eine kleine Prise auf den Handrücken, erklärt ihm fachmännisch die Vorgehensweise, macht es ihm vor, Kevin macht begeistert mit, muss niesen, strahlt, und die Mutter hat's nicht mitgekriegt.

Prominenz am Tisch

»Mag jetzt noch irgendjemand ein Würschtel?«, tönt es vom Grill. Der arme Zieser Johann, alle sind satt, und er hat viel zu viel aufgelegt.

Als ich mit dem Ranftl Sepp gerade so wunderbar am Summen bin, es war die Melodie aus *La Strada* von Nino Rota, setzt sich dieser Heini zu uns an den Tisch, der Neuzugang vom Eckhaus vorne. Steuerberater aus Bamberg. Setzt sich mit seinem Teller einfach an unseren Tisch. Bloß weil frei war. Das muss der doch spüren, dachte ich mir, dass wir zwei uns genügen. Setzt sich hin und legt sofort im breiten Fränkisch los: »Jetzt hab ich scho mei vierde Käsgrainer, jetzt wird ich mal langsam auf die Koteletts umsteign!«

Das ist genau der Satz, den wir hören wollten. Und er marschiert verbal sofort ungefragt weiter, erzählt von seinem Beruf, wie viele Stunden er in der Woche zu tun hat, und dass sich da doch keiner Gedanken macht, was da alles dranhängt, und er hat kaum noch Zeit für die Freizeit.

»Im Übrichen hab ich auch noch a sehr zeitaufwendiches Hobby!«

Ich sage noch: »Das hat der Ranftl Sepp auch mit seiner Musik!«

»Des is doch nix. Ich bin so begeistert von die Karl-May-Festspiele in Bad Secheberch, da fohr ich jedes Joahr hin, da kennen mich die schon, da muss ich immer vorher nach Radebeul fahrn, ins Karl-May-Museum, die Originaltexte kobieren, die bring ich dene dann, da warden die scho drauf … aber ich wolld ned weider störn!«

»Ja, jetzt ist es Wurscht«, sage ich kurz angebunden, »jetzt kannst weiterreden!«

Da meldet sich hochinteressiert der Ranftl Sepp zu Wort: »Hwfmtfftmmfiwf no ift nndfl nenwm, eribtr!«

»Ja genau, Sepp, ein Lied spielst du noch, und dann hol ich dir ein Bier.«

»Kennt eichentlich von euch irchendjemand den Horst Janson?«

»Weiß ich nicht, wohnt der auch bei uns in der Straße?«

»Naa, der Schauspieler, Horst Janson, der hat doch immer den Old Schedderhänd gschbield in Bad Secheberch, mit dem bin ich bersönlich bekannd. Der wär beinah mit hierher aufs Straßenfesd kumma, der Horst Janson, der is doch brominend.«

»Ja, ja, ich weiß schon, das ist der mit der Magersucht!«

»Naa, ned er, sei Tochder, die had Machersucht, wecha der hat er ja net kumma könna!«

»Wieso, die hätt er doch mitbringen können, der Johann hat noch genug Würschtel!«, meine ich mit Hinweis auf unseren Grillmeister. Anscheinend hat Dr. Manfred Portzner die für ihn wichtigen Teile unseres Gesprächs aufgeschnappt, denn sogleich eilt er bedeutsam in unsere Mitte: »Habe ich da was von Prominenz gehört? Wenn ich das richtig verstanden habe, dann hätte ich ja noch die Michaela May mitbringen können, mit der bin ja ich bekannt!« Das wiederum schnappt der Zieser Johann auf, der so gut wie gar keinen kennt: »Ist die irgendwie verwandt mit dem Karl May?« Doch gerade als Dr. Portzner jovial lachend ansetzt, den Zieser Johann ausführlich über die Schauspielerin Michaela May aufzuklären, rumpelt unser Frühpensionär, der Würth Reinhold, an den Tisch. Sein wackelnder Gang verrät, dass das Glas Weißwein, das er in der Hand hält, nicht sein erstes sein kann.

Wuchtig stützt er seine Arme auf unseren Tisch und lallt bedeutsam auf uns ein: »Habe ich euch eigentlich schon von den vierkommasechs Millionen Blumenlastwägen aus Holland erzählt?«

»Ja, Reinhold, hast du …«, antworte ich eilig, bevor er mir mein Bier noch weiter vollspuckt, »… aber deswegen brauchst du dich nicht zu uns hersetzen, weil da ist jetzt echt kein Platz mehr!«

Lange blickt er daraufhin zu mir herab, der Reinhold, überlegt vermutlich, ob ich ihn beleidigt hab, oder ob er nur einfach nichts verstanden hat. Und bestätigt sich erneut: »Aber, das wäre mal ein Thema, verstehst du?«

Damit beugt er sich tief zu mir herab und bezieht mit seinem Blick den Ranftl Sepp mit ein: »Aber da traut sich doch wieder keiner ran!«

Sepp reagiert sofort lautstark: »Liifd gng fffdt, da blieeeds scherfdeidning!« Dabei steht er auf, als ob er sich persönlich angegriffen fühlt. Die Gäste werden aufmerksam und blicken in unsere Richtung. Ich versuche die Situation zu beruhigen.

Einen Streit, bei dem mit Sicherheit keiner weiß, um was es geht, kann ich jetzt gar nicht brauchen. Ich drücke den Ranftl Sepp mit sanfter Eindringlichkeit auf seine Bank runter und übersetze gequält lächelnd Sepps Worte: »Habt ihr gehört, der Sepp mag noch ein Bier, gell Sepp, bleib ruhig sitzen mit deinem Akkordeon, spiel lieber noch ein Lied, vielleicht das eine da, wie heißt es, ›Vergangen, vergessen, vorüber‹, das Bier hol ich dir, bin gleich wieder da!«

Mit diesen Worten steige ich rückwärts über die Bierbank, weise den Würth Reinhold noch an, er möge darauf achten, dass mein Sitzplatz frei bleibt. Er wäre sowieso der Einzige gewesen, der sich jetzt da hingesetzt hätte, aber einem Rentner muss man Aufgaben geben, denke ich mir, gerade Aufgaben im Bereich des Bewachens erzielen einen großen therapeutischen Effekt.

Ich schlendere durch die Reihen, höre, wie Dr. Portzner am Grill dem Zieser Johann biographischen Nachhilfeunterricht über die Welt der Schauspieler gibt: »… hat die May ja nicht nur unter Dietl und Bogner gearbeitet, da gibt es herausragende Filme wie …«, ich drücke mich vorbei am Mütterstammtisch, an dem sich gerade die Montessori-Mutter ereifert: »Seitdem habe ich, glaube ich, einen besonders guten Draht zu diesem Elternbeiratsvorsitzenden, auch für allgemeine Themen, also, wenn ihr da mal die Nummer braucht, kann ich euch die gerne geben!«

Da bietet die städtische Mutter an: »Was ganz anderes. Soll ich uns vielleicht noch ein Glas Wein holen?«

Mit einem verschreckten Blick reagiert die Waldorf-Mutter: »Für mich nicht, ich spüre schon was!«

Ich schleiche mich weiter Richtung Bierfass und bemerke, kaum dort angekommen, dass der Ranftl Sepp mitten in seinem Lied, er war gerade bei der Zeile: »Die Zeit deckt den Mantel darüber …«, abbricht. Das passiert eigentlich nur zu ganz besonderen Anlässen. Und da höre ich schon den besonderen Anlass.

Klack, klack, klack.

Das Geräusch von Stöckelschuhen hinter der Hecke des Nachbarn zieht alle Aufmerksamkeit auf sich. Noch kann man nichts sehen, aber dieses Geräusch lässt eigentlich nur auf eine Person schließen. Und tatsächlich, sie ist es. Die Schönheit der Straße flaniert an uns vorüber: Alexa, Mitte dreißig, allein stehend, schwarzer enger Lederrock, rotes Top und das brünette dichte Haar kunstvoll mit vielen Haarklammern zu einem wilden Etwas zusammengesteckt. Klack, klack, klack. Die Blicke der Männer verklären sich. Die der Frauen auch, aber anders:

»Den Rock hab ich gesehen, bei H&M. 49,80. Kunstleder!«

»Ist die eigentlich verheiratet?«

»Nein, aber ich glaube geschieden!«

»Wird ja seinen Grund haben!«

Dr. Manfred Portzner entgleitet nur ein kaum hörbares Räuspern, und Johann Ziesers glasiger Blick zu Alexa lässt eine tief verborgene Sehnsucht vermuten. Einen Moment zu lange lässt er sich ablenken, denn seine automatische Würschtel-Wende-Bewegung mit der Zange greift ins Leere, ein kurzer Kontakt seines Mittelfingers mit dem Grillrost lässt ihn aufschreien: »Aaah!« Erschrocken blicken alle zu ihm, doch Johann winkt beschwichtigend ab, mit dem Blick, der besagt: Ein Grillmeister muss das aushalten.

Eng und feucht

Kurz nachdem Alexa verschwunden ist, färbt sich der Himmel schwarz, und aus dunklen Wolken ergießen sich heftige Regenschauer. Eilig drängen alle in die Garage. Sie rufen sich zu: »Jetzt wird's lustig!«

»Ich setz mich auf die Autoreifen.«

Und Dr. Manfred Portzner bestimmt das Geschehen: »Nur reinmarschiert. Wir haben alle Platz!«

Kevins Mutter bleibt im vorderen Bereich der Garage stehen, als sie sieht, wie ihr kleiner Balg auf der Straße das kühle Nass genießt und versucht, mit dem Mund so viele Tropfen wie möglich einzusammeln: »Kevin, kommst du bitte sofort her, du wirst doch nass!«, dann wieder laut: »Kevin. Keevin!!!« Wieder marschiert sie los, stolz und entschlossen, hinaus in den Regen, nimmt Kevin bei der

Hand und zieht ihn in Richtung Garage. »Kevin, was haben wir ausgemacht? Wir haben ausgemacht, wenn wir hierhergehen, dann muss es genügen, wenn ich dich einmal rufe, und dann kommst du!«

Weiter hinten in der Garage, neben den Autoreifen, meldet sich der Bamberger Steuerberater: »Soch amal, Johann, gibt's hier noch a weng was von dem Trollinger, meiner geht nämlich langsam zur Neiche!« Vorn am Grill gibt Johann lapidar zurück: »A paar Würschtel kannst noch haben!«

In der Mitte steht die etwas üppige Waldorf-Mutter, dicht an dicht mit Dr. Portzner. Sie blickt mit ihren nassen Haaren etwas peinlich berührt hoch zu ihm und meint leicht kokett: »Jetzt bin ich doch ein bisschen nass geworden. Stört Sie das?«

Elegant erwidert Dr. Portzner: »Aber nein. Ich sage immer: ›Keiner kann einem anderen die Tränen trocknen, ohne sich dabei nicht selbst die Hände nass zu machen!‹«

Es war eng, es war feucht, jeder hatte schon etwas getrunken, so dass nun in der Garage die richtige Stimmung aufkommt. Nur irgendwer fehlt. Ich schaue mich um. Der Ranftl Sepp! Ich rufe zweimal laut in die Garage: »Sepp! Sepp!«, alle blicken sich an und tippeln fast gleichzeitig vor an den Garageneingang. Und tatsächlich, da sitzt er, der Ranftl Sepp. Klatschnass, reglos vornübergebeugt, die Hände noch am Instrument. Ich rufe noch zweimal: »Sepp! Sepp!« Er regt sich nicht.

Von hinten bemerkt sehr schlau der Franke: »Was had er denn? Moch er nimmer?«

Darauf der Zieser Johann: »Vielleicht mog er ein Würschtel!«

Die städtische Mutter schlägt zaghaft vor: »Sollte ihn nicht irgendjemand reintragen?«

Darauf gleich Angelika Zieser, die neben dem Grill und ihrem Mann steht: »Aber nicht ins Haus, ich bin nicht vorbereitet!«

Darauf meint Johann kleinlaut: »Legen wir ihn halt hinten in der Garage auf die Werkbank, das tut's doch!«

Es gießt immer noch in Strömen, und wir stehen wie festgewurzelt an der Garagenkante und hoffen auf ein Lebenszeichen unseres Einmannorchesters. Ich denke mir noch: Das wäre schon sehr schade, wenn der Sepp jetzt gestorben wäre, ohne je zu erfahren, dass ich der Einzige war, der ihn verstanden hat. Und als wir so da stehen, hören wir auf einmal wieder: Klack, klack, klack. Alexa, die schöne Alexa, kommt zurück. Mit einem roten Schirm in der Hand bleibt sie für einen Moment stehen, blickt erst verwundert zu uns, wie wir schweigend, aber gebannt im Trockenen stehen, geht dann auf den Ranftl Sepp zu, beugt sich zu ihm hinab, flüstert ihm etwas ins Ohr, und mit einem Mal regt er sich, richtet sich langsam auf, blickt hoch zu Alexa, dann zurück zu uns. Alexa greift ihm sanft unter den Arm, hilft ihm behutsam hoch, nimmt ihn unter ihren Schirm und bringt ihn nach Hause.

Erleichtert, aber doch unangenehm berührt stehen wir da. Schließlich erlöst uns der Zieser Johann von diesem peinlichen Moment. Vor seinem Grill stehend betrachtet er das Elend auf dem Rost: »Also, die Würschtel sind nix mehr!« Alle Blicke fallen auf ihn. Nach einer Lösung suchend, bemerkt er: »Sollen wir vielleicht noch ein bisschen ins Haus gehen?« Seine Frau Angelika blafft ihn sofort mit einem scharfen Flüsterton an: »Bist du wahnsinnig, du weißt genau, dass ich das nicht zulasse, ich bin überhaupt nicht vorbereitet!« Nach einem kurzen Zögern nimmt Johann sichtlich seinen ganzen Mut zusammen und verkündet lauthals: »Es ist auch mein Haus!«

Und mit einem Schlag rumpeln wir alle, wie eine Horde entlassener Strafgefangener, raus aus der Garage und rüber ins Haus.

Der Silen am Firmament

Und dann feierten wir richtig, wir tanzten, lachten und sangen uns durch die Nacht. Ich erinnere mich an herrliche Momente, im Flur sah man den Würth Reinhold auf allen vieren. Er studierte in seinem Vollrausch Zahlen und Statistiken in den Zeitungen, die am Boden lagen, die Kinder liefen alle herum mit Schnupftabakresten unter der Nase, und irgendwann, man möchte es kaum glauben, saß Angelika Zieser am Küchentisch, zusammen mit meinem Freund Herbert. Er erklärte ihr anhand von fünf geöffneten Rotweinflaschen und noch mehr halb vollen Gläsern, welche Tannine und welcher Säuregehalt verantwortlich sind für das Bouquet im Abgang!

Tief in der Nacht ging ich auf die Gartenterrasse, frische Luft schnappen, ich blickte hinauf in einen sternenklaren Himmel. Da hörte und sah ich etwas weiter vorne, zwischen zwei hohen Buchsbäumen Dr. Manfred Portzner, die um gut einen Kopf kleinere Waldorf-Mutter fest in seinem beschützenden Griff.

Er resümierte vor sich hin: »Wissen Sie, so zwei, drei Brunnen werde ich wohl noch bauen, aber dann werde ich mich den Musen widmen. Das habe ich mir fest vorgenommen. Musik, Malerei, Bücher, Bildhauerei, tja, ich werde verrückte Dinge tun …«, und dabei lächelte er zu ihr hinab, »… und dazu werde ich Wein trinken, wie einst Silen, der Begleiter des Bacchus. Er war ein Seher, er blickte hinauf zum Firmament und erkannte Vergangenheit und Zukunft gleichermaßen!«

Also gut, dachte ich mir, wenn er meint. Dann schau ich halt auch mal rauf zum Firmament. So ein Sternenhimmel ist schon was ganz Besonderes. Als ich so hochblicke, fällt mir wieder meine hübsche Bedienung aus dem »Café Klughardt« ein, mein Fräulein Tatjana. Vielleicht will ich gar nicht, dass sie mich beachtet. Vielleicht ist es gut so, denn am Ende lernt man sich kennen, und es verpufft eine Illusion. Aber mit ihr zusammen den Sternenhimmel betrachten, das wäre schon mal was.

Wenn man länger hinaufsieht, dann kommt sie ganz langsam näher. Die Tiefe. Diese verdammte Unendlichkeit. Warum, ging es mir durch den Kopf, warum müssen wir Menschen immer alles begreifen, manchmal reicht es doch, wenn man es annimmt.

Als kleiner Junge dachte ich immer, das menschliche Gehirn ist doch nichts anderes als das verkleinerte Modell des Universums. Diese ganzen Zellen, Synapsen und Transmitter im Hirn entsprechen genau den Sternen, den

Planeten und Monden dort oben. Und so wie in unserem Gehirn so manche Zelle abstirbt, so verglüht dort oben so mancher Stern. Dann sieht man hinauf und denkt sich: »Aha, schon wieder eine Zelle abgestorben!«

Aber weil das Licht gnädiger ist als die Realität, sehen wir dort oben Sterne, die es gar nicht mehr gibt. Und die, glaube ich, stehen für die Erinnerung.

Und all diese Erinnerungen sind es schließlich, die unser Leben lebenswert erscheinen lassen.

Mitten in diesen Gedanken klingt in der Ferne kaum hörbar eine Trompete. Ich glaube, die Titelmelodie aus dem Film *La Strada* zu erkennen. Der Ranftl Sepp! Trompete spielen kann er also auch. Hat er mir nie erzählt. Oder doch? Ein Hund ist er schon. Zu dem gehe ich jetzt noch hin, setze mich zu ihm und summe mit.

Der Zufall ist halt doch der größte Freund des Glücks!